講談社文庫

密約

百万石の留守居役（五）

上田秀人

講談社

目次——密約　百万石の留守居役（五）

金沢・江戸間の街道図

地図作成／ジェイ・マップ

【留守居役《るすいやく》】

主君の留守中に諸事を采配《さいはい》する役目。人脈をもつ世慣れた家臣がつとめることが多い。参勤交代が始まって以降は、幕府や他藩との交渉が主な役割に。外様《とざま》の藩にとっては、幕府の意向をいち早く察知し、外様潰《つぶ》しの施策から藩を守る役割が何より大切となる。

【加賀《かが》藩士】

藩主
前田綱紀《まえだつなのり》

―人持《ひとも》ち組頭《くみがしら》七家（元禄《げんろく》以降に加賀八家）―人持ち組―平士

本多安房政長《ほんだあわまさなが》（五万石）筆頭家老
長《ちょう》 尚連《ひさつら》（三万三千石）国人出身
横山玄位《よこやまはるたか》（二万七千石）江戸家老
前田孝貞《たかさだ》（二万一千石）
奥村時成《おくむらときなり》（一万四千石）奥村本家
奥村庸礼《やすひろ》（一万二千四百五十石）奥村分家
前田備後直作《びんごなおなり》（一万二千石）

瀬能数馬《せのうかずま》（一千石）
ほか

平士並《なみ》―与力（お目見え以下）―御徒《おかち》など―足軽など

〔第五巻『密約』――おもな登場人物〕

瀬能数馬《せのうかずま》　祖父が元旗本の若き加賀《かが》藩士。城下で襲われた重臣前田直作《まえだなおなり》を救い、筆頭家老本多家《ほんだけ》の娘琴《こと》と婚約。直作の江戸行きに同行し、留守居役《るすいやく》を命ぜられる。

本多安房政長《あわまさなが》　五万石の加賀藩筆頭宿老《しゅくろう》。家康の謀臣《ぼうしん》本多正信《まさのぶ》が先祖。「堂々たる隠密《おんみつ》」。

琴　本多政長の娘。出戻りだが、五万石の姫君。数馬を気に入り婚約する。

佐奈《さな》　琴の侍女。江戸の数馬の世話をする。妾宅の必要に迫られた数馬の妾に。

石動庫之介《いするぎくらのすけ》　瀬能家の家士。大太刀の遣《つか》い手《て》で、数馬の剣の稽古《けいこ》相手。介者剣術《かいしゃけんじゅつ》。

小沢兵衛《おざわひょうえ》　元加賀藩留守居役。秘事を漏《も》らし逃走し、老中堀田家《ほったけ》留守居役に転じる。

六郷大和《ろくごうやまと》　加賀藩留守居役筆頭。

五木参左衛門《いつきさんざえもん》　加賀藩留守居役。新米数馬の指導役。吉原三浦屋《よしわらみうらや》の格子《こうし》女郎簾《じょろうれん》が馴染《なじ》み。

猪野兵庫《いのひょうご》　元加賀藩士。御為《おため》派の急先鋒で、前田直作の襲撃に失敗し、仲間と浪人に。

横山玄位《よこやまはるたか》　二万七千石の人持《ひとも》ち組頭《くみがしら》。定府《じょうふ》の加賀藩江戸家老。

横山長次《ながつぐ》　玄位の大叔父《おおおじ》。五千石。幕府直参《じきさん》の寄合《よりあい》旗本。

前田綱紀《つなのり》　加賀藩五代当主。利家《としいえ》の再来との期待も高い。二代将軍秀忠《ひでただ》の曾孫《そうそん》。

酒井雅楽頭忠清《さかいうたのかみただきよ》　大老。四代将軍家綱《いえつな》の寵臣《ちょうしん》で宮将軍擁立《ようりつ》を狙うが、家綱死去で実権を失う。

堀田備中守正俊《ほったびっちゅうのかみまさとし》　老中。次期将軍として綱吉擁立《つなよしようりつ》に動き、一気に幕政の実権を握る。

柳沢吉保《やなぎさわよしやす》　館林藩《たてばやし》から綱吉の連れてきた小姓番《こしょうばん》。

徳川綱吉《とくがわ》　館林藩主。四代将軍家綱の弟。次期将軍が確定的となり将軍宣下《せんげ》を待つ。

密約

百万石の留守居役（五）

第一章　世子《せいし》の座

一

西の丸で綱吉《つなよし》が襲われた。

世継ぎのなかった四代将軍家綱《いえつな》の死を受けて五代将軍と決まったばかりである。

幕府を揺るがす大事件であった。

目付《めつけ》、町奉行を総動員し、犯人を追いつめる。江戸城内は大騒動になっていなければならなかった。

しかし、城内は平穏であった。

「秘さねばならぬ」

老中堀田備中守正俊《ほったびっちゅうのかみまさとし》が、厳しい箝口令《かんこうれい》を敷いたのだ。

「どうしてじゃ。余《よ》が襲われたのだぞ。草の根を分けてでも探し出し、一族郎党なで切りにして当然である。余は、五代将軍ぞ」

宥《なだ》められた綱吉が反論した。

「いいえ、まだ殿は、将軍宣下《せんげ》をお受けになっておられませぬ」

「……それがどうした。余が次の将軍と決まったはずじゃ」

堀田備中守の言葉に、綱吉が気後れした。

「はい。四代将軍家綱さまのご指名を受けられたのは、綱吉さまでございまする」

「ならば、余の命を狙うのは天下の大逆罪であろう。ただちに下手人を追い、捕まえた後は一族郎党ともに断罪し……」

首肯《しゅこう》した堀田備中守に、綱吉が勢いづいた。

「ご辛抱を」

堀田備中守が強く諫《いさ》めた。

「…………」

自身を世継ぎとしてくれた功労者の一言で綱吉が黙った。

「まことに申しあげにくきことなれど、殿は傍系《ぼうけい》でございまする」

「それがどうした。余は三代将軍家光《いえみつ》さまの子で、四代将軍家綱さまの弟ぞ」

血筋を綱吉が誇った。

「殿……」

小さく堀田備中守が首を振った。

「な、なんじゃ」

綱吉が気弱な顔をした。

「徳川家の直系は、家綱さまにお子さまがなかったために、途切れましてございまする」

「なにを言う。余は先ほども申したように、三代将軍の子……」

「それを言い出されれば、御三家は初代将軍神君家康《いえやす》さまの子でございまする」

「御三家は分家になって代を重ねた。余はまだ館林徳川《たてばやしとくがわ》家の初代である」

綱吉が血筋の近さを声高に言った。

「紀州《きしゆう》藩徳川光貞《みつさだ》は、家康さまの孫でございまする。殿は、家康さまから数えて何代でございましょう」

「……む」

「殿は家康さまの曾孫《そうそん》でございまする。血筋で一代遠い」

「余は……余は……」

綱吉が次の主張を探した。

「そして家光さまのお血筋でいけば、綱吉さまは末子にあられまする」

「兄の甲府《こうふ》家よりも劣るというか」

綱吉が激した。

徳川には家康が決めた祖法があった。三代将軍を決めるとき、家康は利発な秀忠《ひでただ》の三男忠長《ただなが》ではなく、愚鈍な次男家光を選んだ。

秀忠の長男はすでに死んでいた。将軍候補は、次男家光、三男忠長の二人に絞られていた。そして秀忠、お江与《えよ》の方夫婦は、おとなしい家光ではなく、活発な忠長を可愛がった。

ときの将軍が三男を寵愛《ちょうあい》する。当然、それを見ていた家臣たちは倣《なら》う。家光の周囲には小姓《こしょう》さえも控えていない状況となり、ついに思いあまった家光は自刃《じじん》しようとした。それを防いだのが、堀田備中守の義理の曾祖母《そうそぼ》で養母でもある春日局《かすがのつぼね》だった。

「そこまで……」

家光の手から守り刀を取りあげた春日局は、まだ幼い家光がそこまで思い詰めていたことに絶句した。

「かならずや、わたくしが、竹千代《たけちよ》さまを三代さまに」

乳母として赤子のころから手塩にかけていた家光のために、春日局は命を張った。女の身で箱根《はこね》の関所を許しなくこえることは禁じられていたが、春日局は密かに江戸を抜け出し、駿河《すんぷ》の家康のもとへ駆けた。そこで家光の現状を訴えた。

「…………」

春日局を無言で追い返した家康は、鷹狩りのあとの休憩を口実に江戸城へ向かい、そこで家光を膝《ひざ》の上に抱えた。

「弟は、兄の臣下である。同席はかなわぬ」

続こうとした忠長を家康は厳しく叱《しか》りつけた。

こうして、家光は三代将軍となり、徳川は長幼の序を守るという家訓ができた。

「家康さまのお決めになったことに準じれば、五代将軍は甲府家から出さねばなりませぬ」

甲府家初代徳川綱重《つなしげ》は、家光の三男であった。四男の綱吉よりも兄になるが、家綱よりも先に死去していた。そのため、五代将軍の争いに参加できなかったが、綱重には男子が二人あり、甲府家は長男綱豊《つなとよ》が継いでいる。

「殿の世子就任以降も異論が出たことはご存じでございましょう」

綱吉が家綱の跡継ぎになれたのは、ひとえに堀田備中守の働きであった。家綱に綱吉を会わせ、そこで直接世継ぎ指名をさせた。だが、これは幕府役人だけでなく、諸大名にも不評であった。

なにせ、そこにいたのが、家綱、綱吉、堀田備中守だけなのだ。小姓さえも遠ざけての直談判《じかだんぱん》は、「上様が認められたという証《あかし》がない」「堀田備中守の偽計ではないのか」という不満を呼んだ。

「綱吉さまを選ぶならば、神君さまの例に逆らうことになる。そのようなまねを上様がなさるはずはない。家光さまの血筋からお選びになるならば、館林よりも甲府が長。綱豊さまこそお世継ぎたるべし」

こう公言する役人や大名も少なくない。

「甲府さまが、それに乗じられようとなさっておられることは、ご存じでございましょう」

「…………」

堀田備中守の確認に、綱吉は沈黙した。否定でも驚愕《きょうがく》でもない綱吉の態度は、知っていると言ったも同然であった。

「徳川の祖法に従えば、吾《われ》こそ五代と、人を集めているとか」

天下人と家臣、その差は富士の頂《いただき》とすそ野ほどの差がある。甲府徳川綱豊が動くのは当然であった。

「同調する者がおるのか」

「…………」

今度は堀田備中守が黙ることで肯定をした。

「誰じゃ。余が罰してくれる」

綱吉が怒った。

「今は、ご辛抱いただきまする」

「またしても我慢せいというのか。綱豊に同調するなど謀反《むほん》を企《たくら》んでおるも同然。直接余の命を狙った忍《しのび》と同じじゃ」

綱吉が大声を出した。

「お平らに、上様」

「……上様か」

将軍になると決まった者にだけ許されるのが上様という敬称であった。堀田備中守にそう言われて、綱吉が落ち着いた。

「将軍はすべての武家の統領でございまする。どのようなことがあろうとも、感情を表に出されてはなりませぬ」

堀田備中守が、綱吉をたしなめた。

「……気をつける」

館林家の藩主として生涯を終えるはずだった己《おのれ》を引きあげてくれたのが、堀田備中守である。綱吉は素直に聞いた。

「まだ上様は将軍世子でございまする。世子は代わってもおかしくはございませぬ。忠長さまの例がございまする。二代将軍秀忠さまのなかでは、世継ぎであった忠長さまが廃され、家光さまが将軍になった」

「むう」

綱吉が嫌そうな顔をした。

「同じように、上様にも入れ替わりできる相手がございまする」

「それが綱豊だと申すか」

「はい。甲府徳川綱豊さまには、家康さまの遺訓という名分がございまする」

堀田備中守が首肯した。

「その名分を押さえつけているのは、上様が家綱さまから選ばれたという一点」

「一点しかない……」

情けなさそうな顔をして綱吉が口にした。

「ゆえに、今は騒ぐべきではございませぬ。命を狙われたなど、他人《ひと》の上に立つ者としての徳がないと取られかねませぬ。あるいは、他人の恨《うら》みを買っていると。恨みを買うような者を将軍として戴《いただ》くのはどうかという論が噴出しかねませぬ」

「…………」

「さらに綱豊さまに同調している大名どもを罰する、あるいは叱りつける。これも悪《あく》手《しゅ》でございまする。まだ、上様は将軍でない。諸大名を罰する権をお持ちではございませぬ。尾張《おわり》さまの前例もございまする」

「尾張徳川がなんだ」

知らないと綱吉が尋ねた。

「家綱さまがまだ将軍世継ぎのころ山王権現《さんのうごんげん》へ参拝なさることになり、その供奉《ぐぶ》を松平伊豆守から命じられた尾張徳川初代義直《よしなお》さまは、『世子とはいえ、まだ無位無冠の者の供を従二位権大納言《じゅにいごんのだいなごん》たる余がいたすは、天下の法を乱す』として断られたことがございました。多少話は違いますが、これは諸大名に将軍世子はなにも求めることができないという前例になりまする」

「将軍世子には、なんの力もないのか……」

綱吉が大きく肩を落とした。

「それも上様が将軍宣下を受けられるまで。将軍になられれば、思うがままになされてよろしゅうございまする」

「好き勝手に振る舞って良いと」

「はい。望まれるものはすべてご用意いたしまする。美しい女でも、天下の秘宝でも……」

「雅楽頭《うたのかみ》の首でもか」

「……お望みとあれば」

訊《き》いた綱吉に堀田備中守は低い声で応えた。

「ならば、あやつの首が見られるのを楽しみに待つ」

「かたじけのうございまする。その代わり、西の丸から本丸へとお移りいただきまする」

我慢すると言った綱吉に、堀田備中守が告げた。

「よいのか」

綱吉が身を乗り出した。

本丸は将軍の住まいで、世子のものではない。本丸へ入るというのは、将軍になるのと同じであった。

「それくらいは、わたくしの力で抑えきれまする」

さりげなく堀田備中守が権を誇示した。

「うれしく思うぞ、備中守」

綱吉が笑った。

「しかし、本丸は大事ないのだろうな。また襲われるなど、余はかなわぬぞ」

すぐに綱吉が真顔に戻った。

「おい」

堀田備中守が、天井を見上げた。

「はっ」

天井裏から返答がし、音もなく天井板が外れた。

「お目通りをとくに許す」

「かたじけなき仰《おお》せ」

天井に空いた穴から、黒装束が落ちてきた。

「わっ、曲者《くせもの》……」

綱吉が逃げ腰になった。

「わたくしの後ろへ」

ずっと側《そば》で控えていた小姓柳沢吉保《やなぎさわよしやす》が、綱吉の前に出た。

「ご安心を。この者は御広敷伊賀者組頭《おひろしきいがものくみがしら》でございまする」

「御広敷伊賀者だと……」

綱吉が戸惑いの声を出した。

「はい。名を申せ」

「お側の方まで申しあげまする。わたくし、御広敷伊賀者一番組組頭の服部源造《はっとりげんぞう》でございまする」

組頭が名乗った。

「御広敷伊賀者とはなんじゃ、備中守」

綱吉が問うた。

「上様のお住まいになる本丸中奥と大奥を警固《けいご》いたす忍でございまする」

堀田備中守が説明した。

「言上《ごんじょう》いたせ」

ふたたび堀田備中守が、服部源造を促した。

「中奥と大奥を六十四名の伊賀者で常時お守りいたしておりまする。畏《おそ》れながら、我ら伊賀者が張った結界のなかには、何人《なんぴと》といえども侵入はできませぬ」

服部源造が自信ありげに述べた。

「西の丸にはなかったのか、その結界とやらは」

綱吉が咎《とが》めるように言った。

「我らの任は、本丸だけでございました」

服部源造は白々しく偽《いつわ》りを答えた。

御広敷伊賀者の任は、たしかに本丸だけである。しかし、本丸に比して、はるかに少数ではあったが、西の丸御広敷伊賀者もいた。それを服部源造は口にしなかった。

「そうか」

「…………」

綱吉は、納得した。が、柳沢吉保は服部源造を睨《にら》みつけた。

「常にわたくしが、上様のお側にいてお守りできればよろしゅうございますが……」

「わかっておる。備中守は、余を将軍にするために奔走《ほんそう》いたしてくれておる。その心だけで、余は満足じゃ」

申しわけなさそうな堀田備中守に、綱吉が感謝の意を伝えた。

「その代わりを伊賀者に命じております。この者たちは、命に代えてでも、上様をお守りいたしまする」

「伊賀の名にかけまして」

堀田備中守の後に続いて服部源造が宣した。

「わかった。心安らかに本丸へ移ろう」

綱吉が機嫌良く言った。

「では、わたくしはこれで。そなたも戻れ」

「はっ」

一礼して堀田備中守が腰を上げ、服部源造が身軽に天井裏へと跳び上がった。

「吉保、備中守を見送ってやれ」

「はっ」

指示された柳沢吉保が堀田備中守の前に立った。

「……備中守さま」

本丸の御座《ござ》の間にあたる殿上《でんじょう》の間を出た途端、柳沢吉保が足を止めた。

「気に入らぬか」

堀田備中守が口を開いた。

「西の丸に伊賀者がおらぬのは理にかないませぬ。西の丸にはかつて大御所となられた二代将軍秀忠さまがおられました。かならずや、警固の伊賀者が配されていたはずでございまする。その網を難なく潜《くぐ》って刺客は西の丸の殿を襲った。そのていどの守りしかできぬ伊賀者が信じられましょうや」

柳沢吉保がきつい口調で抗議した。

「西の丸と本丸では、伊賀者の数が違う。手が足らなかったのだ。これで納得いたせ」

「委細は教えてはいただけぬと」

強引に押し通す堀田備中守へ、柳沢吉保が詰め寄った。綱吉が襲われたときに伊賀者を咎めたのは柳沢吉保であった。あのときの状況から、柳沢吉保が疑念を抱いているのは明らかであった。

「そなたはまだ知るには早い」

「早いとはどういう意味でございましょう」

「言葉の通りよ。そなたはまだ知らずとも良い。今はただ綱吉さまのご機嫌を取っていてくれればよい」

「それはあまりに……」

「外されたいか」

まだ食い下がろうとした柳沢吉保に、堀田備中守が氷のような声を浴びせた。

「……つっ」

柳沢吉保が気押《けお》された。

「このていどで腰が引けるようではまだまだだ。要《い》らぬことに気を回すな。今は上様のお気持ちを襲撃のことから逸《そ》らさせよ」

「……上様のお気持ちを逸らすなど、無礼な……」

「上様はご不安なのだ。ほんの少し前、五代将軍の座は、酒井雅楽頭によって宮家へ持っていかれそうになった。そして、今度は甲府宰相《さいしょう》綱豊が後から迫ってきている。少しでも早く安泰をとお考えになられるのも無理はないことだが、慌《あわ》てて動いてはつけこまれる。酒井雅楽頭はまだあきらめておらぬ」

「御用部屋にも出てこなくなったと聞きまする」

柳沢吉保が酒井雅楽頭にもう気概はないと反論した。

「出てきていれば安心じゃ。目が届く。城中で動いてくれれば、誰に会ったかもすぐに知れる。だが、屋敷に引っこまれていてはどうしようもない。一応、大手門前の酒井家には人を張りつけてはいるが、来客のすべてを見張れるものではない」

「まだあきらめてはいないと」

「宮将軍も酒井家を世襲の大老とするのもあきらめたであろう。たとえ上様がお亡くなりになられても、もう宮将軍は受け入れられまい。あれは、酒井雅楽頭が大老として幕政を壟断《ろうだん》していたからこそ、成立したもの。一度落魄《らくはく》した者をふたたび執政の頂点に迎えるほど、御用部屋は甘くない」

酒井雅楽頭の失墜を堀田備中守が断言した。

「ではなにをあきらめておらぬと言われる」

柳沢吉保が問うた。

「上様のお命を」

「なっ……では、あの手裏剣《しゆりけん》は」

答えた堀田備中守に、柳沢吉保が目を剝《む》いた。

「あのような露骨なまねをするほど、加賀《かが》は、綱紀《つなのり》は愚かではない」

堀田備中守が続けた。

「だからといって、加賀を見逃しはせぬ。外様風情が将軍の座へ手を出そうとするなど、幕府の秩序を乱すだけぞ。儂《わし》が幕政を担《にな》うかぎり、そのようなまねは許さぬ」

「…………」

「わかったならば、上様のお側へ戻れ」

「まことに伊賀は……」

「しつこい男よな。伊賀は執政衆の支配下にある。今の伊賀は儂の手足である」

強く堀田備中守が言った。

「わかりましてございまする。数々のご無礼、平にご容赦《ようしゃ》を」

「よい。忠義から出たことじゃ。咎めぬ。上様をお一人にするな」

詫《わ》びを堀田備中守は受け入れ、柳沢吉保へ手を振った。

「まったく、小者はこれゆえ困る」

綱吉のもとへと戻った柳沢吉保に堀田備中守が嘆息した。

「お世継ぎさまが襲われた。これを公表することで起こる混乱をわかっておらぬ。守りきれなかったそなたも罰せられる。だけではない。江戸城で世継ぎが襲われた。そのような恥、なにがあっても認めるわけにはいかぬのだ。幕府の威信に傷がつく。ではなぜ噂《うわさ》を止めぬかと思うだろうが、人の口に戸は立てられぬ。いずれ、漏《も》れるのだ。ならば、こちらの意図で噂を操れるようにすべきである。噂は遣《つか》いようによって武器になる。それくらいわからぬようでは、あやつもまだまだ使えぬ」

堀田備中守が小さく首を振った。

二

夏の金沢は蒸し暑い。雲が出る日が多く、雨もよく降るからだ。

「お義母《かあ》さま。おはようございまする」

「琴姫《ことひめ》さま」

不意に訪れてきた加賀前田家筆頭宿老本多政長《しゆくろうほんだまさなが》の娘に、瀬能数馬《せのうかずま》の母須磨《すま》が驚いた。

「いかがなさいました」

「前触れもなしに訪れまして申しわけございませぬ」

訊《き》いた須磨に、まず礼を失したことを琴が詫びた。

「いえ。琴姫さまは、いずれ数馬の嫁となられるお方。吾《わ》が家のものも同然でございますれば、いつお見えいただいてもお気遣いは無用でございまする」

須磨が頭をさげた琴に慌《あわ》てた。

「ならば姫もさまもお外しくださいませ」

琴が苦情を言った。

「いえ、あの……」

須磨がうろたえた。

琴は息子数馬の許嫁《いいなずけ》である。たしかに義理とはいえ母になる須磨のほうが立場は上になる。とはいえ、相手は大名といってもおかしくない五万石の姫なのだ。簡単にうなずくわけにはいかなかった。

「娘と認めていただけませぬか」

琴がさみしそうな顔をした。

「……琴姫さま」

須磨が姿勢を正した。

「はい」

琴が小首をかしげた。もう二十六歳になる琴だが、そういった態度を見せると幼く見える。

「一つお聞かせ下さいませ。数馬のこと……」

「気に入っておりまする。いえ。わたくしが嫁ぐのは数馬さましかございませぬ」

「それは瀬能の家と本多の」

「かかわりがないとは申しませぬが、わたくしは女として、数馬さまを好いておりまする」

　確認した須磨に、琴がうなずいた。

「さようでございましたか」

　須磨が肩の力を抜いた。

「ならば、琴どの。これでよろしゅうございましょうか」

　さすがに呼び捨てはできないと須磨が妥協案を提示した。

「はい」

　にこりと琴がほほえんだ。

「今日はどうなさいましたとお伺《うかが》いする前に、一つ苦言を呈させていただきまする」

　須磨が琴を見た。

「なんでございましょう」

　琴が先を促した。

「お駕籠《かご》も召されず、お供の女中を二人連れられただけで外出なさるなど、ご身分に沿いませぬ。我が家にお嫁入りなされたならば、駕籠などございませぬゆえ、それでよろしゅうございましょうが、今はまだ本多家の姫。ふさわしい格式はお保ちにならねばなりませぬ。なにより、危のうございましょう」

姑《しゅうとめ》として初めての意見を須磨がした。

「お気遣いおそれいりまする」

ていねいに琴が礼を言った。

「今日、歩いて参りましたのは、駕籠のなかではわからぬ城下の雰囲気などを感じてみたかったからでございまする」

「城下の……」

「さようでございまする。お義母さまもご存じでございましょうが、数馬さまは江戸で留守居役《るすいやく》という大役を果たされておりまする。夫が江戸で任に励んでおられる。江戸では国元の事情をくみ取れませぬ。ならば、妻が国元のことをお知らせし、お手助けをする。これが夫婦《みょうと》というものでございましょう」

「夫唱婦随だと」

「はい」

うれしそうに琴が首肯《しゅこう》した。

「そのついでと申しあげては、失礼ではございますが、こちらに寄らせていただきました」

「お寄りいただいたのにはなにか」

ようやく須磨が訪問の意図を問えた。

「数馬さまからお手紙をいただきましたので、返信をいたそうかと思いまする。もし、よろしければ、ご一緒にと思いまして」

琴が話した。

「それはありがたいことでございまする」

離れたところに手紙を届けるのは、かなり手間と費用がかかった。公用のものならば、加賀藩には足軽継《あしがるつぎ》という早足の者があり、江戸と金沢を二昼夜で走った。しかし、私用となれば、話は一気に難しくなる。当然、江戸へ出向く知人に託すか、参勤交代で出府する者に預けるかしかないのだ。時期は未定であるし、相応の礼も要る。

「なれど、数馬は、琴どのには音信を出しておきながら、母たるわたくしにはなにも申して来ぬとは」

須磨があきれた。

「…………」

同意するわけにもいかないのか、琴は無言でほほえんだ。

「琴どのに文句を言ってもいたしかたありませぬ。しっかりと手紙で叱るといたしまする。手紙の他にいささか送ってやりたいものもございまする。明日までお待ちくださいませ」

「では、明日の夕刻に屋敷の者を受け取りによこしまする」

琴が了承した。

「お手数をおかけいたしまする」

好意に須磨が謝した。

「では、これにて」

「お待ちくださいませ」

辞を告げた琴を須磨が止めた。

「なにか」

「まだ家人を江戸へやってはなりませぬか」

須磨が尋ねた。もともと数馬は藩主一門で重臣の前田直作《なおなり》を江戸まで護衛していったのであり、用がすめば帰国するはずだった。だが、そのまま江戸詰《づめ》となり留守居役に補任された。

江戸詰には、住居となる長屋が与えられた。となれば、炊事洗濯、掃除などの家事をおこなう者たちが要る。国元の藩士が江戸詰になる場合、金沢で使っていた家士や中間《ちゆうげん》を呼び寄せるのが普通であった。

千石取りで留守居役ともなれば、外出に最低でも家士一人、荷物持ちの中間一人、草履《ぞうり》取りの小者一人が付く。他にも他家への使者となる家士、長屋の維持に中間、小者数名は必須であった。

瀬能家も数馬が江戸詰と決まってすぐに、家中から人を選抜し、江戸へやる手配をした。それを本多政長が制した。

理由も告げない不条理なものであったが、国元では藩主よりも力を持つ筆頭宿老本多家の指示に逆らうわけにもいかず、瀬能家は追加の奉行人を江戸へやっていなかった。

「……申しわけございませぬ。父がまだ……」

琴が首を左右に振った。

「…………」

無言で須磨がうなだれた。

「こちらから世慣れた家士と女中を一人付けておりまする。決して数馬さまにご不自由な思いはさせませぬ」

琴が強調した。

「その点は、琴どのを信じておりまする」

好きな男のためにならないことをするはずはない。須磨は先ほどの確認で、琴の言葉が真実だと感じていた。

「では、ごめんくださいませ」

より一層《いっそう》ていねいに頭をさげて琴は、瀬能家を出た。

「姫さま」

供してきた女中が小さな声を出した。

「なに、さつき」

琴が発言を認めた。

「よろしかったのでございますか」

「お義母さまのこと」

「はい。殿さまのせいになされたは……」

さつきと呼ばれた女中が苦言を呈した。

「わたくしの命《めい》だとは言えませぬ。まさか、数馬さまに佐奈《さな》以外の女を近づけぬようにさせるためなどと……嫉妬《しっと》は武家の女の恥」

家を継がせる男子がなければ、禄は取りあげられる。武家は、正室に子供ができなければ改易の恐れがあるため、側室を設けた。これは、当主の義務なのだ。当主の務めとして、他の女を抱く。それに嫉妬するのは、武家の女として我慢ができていないとされていた。

「まあ、これは建前。国元から江戸へ移られた方は、家臣を連れていかれるけれど、中間女中は地理に慣れた地元の者を雇うのが慣例。江戸で求めた者が、どのような者か、金沢ではわからぬでしょう。みょうな女に入りこまれたり、いずこかの手の者をしこまれては困りまする。いずれは、女中を雇わねばならぬにしても、それまでに数馬さまが佐奈を頼るようになっていれば、取りこまれる恐れはなくなりましょう」

琴は金沢にいながら、数馬の立場は危ういものだと見抜いていた。

「なにせ、同じ家中の者でさえ、信用できないのですから……あのように」

本多家の屋敷まではあと少しのところまで来た琴が、嘆息しながら足を止めた。

琴の前に藩士風の男が三人立ちふさがっていた。

本多家の屋敷は、お城の近くにある森一つを取りこんだ広大なものである。隣家との距離も遠く、人気《ひとけ》はなかった。

「……………」

無言でさつきともう一人の女中が前に出た。

「本多の娘だな」

「いずこのお方でございましょう。お顔に覚えがございませぬが」

怯《おび》えもせず、琴が誰何《すいか》した。

「黙って付いてこい」

先頭に立っていた中年の藩士が横柄な口をきいた。

「お断りいたしましょう。わたくしはあなたがたのように暇ではございませぬ。屋敷に帰り、愛しいお方の肌着を縫《ぬ》わねばなりませぬ」

琴が拒否した。

「供の二人がむごい目に遭《あ》うことになるぞ」

中年の藩士が脅《おど》した。

「だそうですよ。さつき、やよい」

琴が二人を見た。

「三人だけと見た」

さつきがやよいに声を掛けた。

「ええ。他に気配は感じませぬ」

やよいが首肯した。

「姫さま」

目を三人の男から離さずに、さつきが問うような声を出した。

「一人だけ生かしておくようにね。いろいろお尋《たず》ねせねばなりませぬ」

琴が冷い声で命じた。

「承りました」

「お任せくださいますよう」

さつきとやよいが、前を向いたままで了承した。

「手向かいする気か。琴姫を置いて逃げるならば、追わぬと約束するぞ」

中年の藩士が二人は助けてやると言った。

「顔を見た者を逃がす……笑えぬ冗談だな」

さつきが鼻先であしらった。

「そもそも名乗れないことからも後ろめたいとわかっているのでしょう。こちらこそ、今なら見逃してさしあげましょう」

やよいが挑発した。

「こいつら、女の分際で、生意気な」

三人の右手にいた若い藩士が激した。

「大野《おおの》氏《うじ》、痛い目を見せてやりましょう」

「名前を口にするな」

中年の藩士が苦い顔をした。

「大野という名前だそうだ。覚えたな、やよい」

「はい。特徴のある不細工な顔つきとともに」

女中二人が嘲弄《ちょうろう》した。

「馬鹿にするな」

若い藩士が辛抱しきれずに太刀を抜きながら、駆けてきた。

「あ、待て」

大野と呼ばれた中年の藩士の制御は届かなかった。

「死ね」

太刀をさつきめがけて若い藩士が落とした。

「遠い」

さつきが冷静に見た。

真剣はその独特な威圧から、抜いただけでも心が恐れる。心が恐れれば、身体《からだ》も縮む。筋に力が入り、いつもの伸びがなくなった。

若い男の一撃は、さつきの七寸（約二十一センチメートル）手前で空をきった。

「あつっ」

渾身《こんしん》の力をこめただけに、空振りした太刀を止めることはできなかった。太刀の切っ先が、若い男の左足の臑《すね》を傷つけた。

「ぎゃああ」

肉が薄い臑は人体の急所の一つである。若い男が太刀を放り投げ、足を抱えて絶叫した。

「なにがしたいのだ、こやつは」

「さあ」

さつきとやよいが、哀れみの眼差《まなざ》しで若い男を見た。

「馬鹿が」

大野が吐《は》き捨てた。

「侮《あなど》るなよ」

「わかっている」

声をかけた大野へ残った藩士が首肯した。

「しっかり見切りをしていた。女中の身形《みなり》をした護衛か」

残った藩士が、油断のない目つきで女たちを観察した。

「懐刀にも手をかけていない……徒手空拳を使う。別式女《べつしきめ》でもない」

別式女とは、武芸で仕える女のことだ。男の入れない奥向きの警固を担う者として、大名家には少ないながらいた。

別式女は室内での戦闘を主とする。なにより非力な女である。武器なしで戦う不利は大きい。近づかれて組打ちになれば、男には勝てないのだ。ために取り扱いしやすい薙刀《なぎなた》や長巻《ながまき》を得手としている者がほとんどであった。

「正体も明かせぬ賊に答える義理はないな」

さつきが相手にしないと言った。

「賊だと……どちらがだ」

大野が言い返した。

「本多こそ、加賀を潰《つぶ》すために幕府が送りこんだ隠密ではないか」

「うふふふふ」

言いぶんを聞いた琴が我慢できないと笑った。

「なにがおかしい」

さらに大野が突っかかってきた。

「真実を知らされていない走狗《そうく》というのはかわいそうなもの」

さげすみの目を琴が藩士たちに向けた。

「なんだと……」

「…………」

二人の藩士が反応した。

「だからといって、教えてあげるほど、わたくしはやさしくございませぬ」

琴が告げた。

「……ならば力ずくで訊き出すまでよ」

太刀を下段に構えた藩士がするすると間合いを縮めてきた。

「少しは遣うな」

切っ先がぶれない。よほど足腰ができているとの証拠であった。

「任せますね。わたくしはあちらを」

すっとやよいが離れていった。

「いつも楽なほうを……」

さつきが愚痴《ぐち》をこぼした。

「天源流《てんげんりゅう》の味をその身体で知るがいい」

藩士が太刀を大きく振りかぶった。

「動きが雑すぎる」

そう言うなり、さつきが地を蹴《け》った。まっすぐに藩士へと突っこんだ。

「……馬鹿な」

まさか自ら白刃へと突っこんでくるなど思ってもみなかった藩士が啞然《あぜん》とした。

「くそっ」

それでも太刀を落とせたのは、日頃の修練のたまものであった。

とはいえ、剣術というのは、機をたいせつにする。気力が満ちる機、相手の動きという機、それらが合わさって初めて必殺の一刀が奔《はし》る。

まだ機が満ちる前に、動かざるを得なくなった攻撃は十全ではなかった。

「甘い」

小さく右に身体をひねっただけでさつきは、あっさりと太刀をかわした。

「えいっ」

ひねりの勢いを乗せて、さつきが右拳《みぎこぶし》を藩士の脇腹へと叩《たた》きこんだ。

「ぐえっ」

まともに喰《く》らった藩士が身体を折った。

「……寝ていよ」

手の届くところまで降りてきた藩士の顎《あご》にさつきが掌底《しょうてい》を打った。

「…………」

頭を大きく揺らされた藩士が、声もなく崩れた。

「あなた一人になりましたね」

やよいがやわらかい口調で話しかけた。

「化けものめ」

あっさりと二人の仲間を倒された大野が怯えた。

「失礼な。姫さまほどではないと承知しておりまするが、わたくしもさつきも衆に優れた容姿をしていると自負しておりますのに」

かなしそうにうつむきながら、やよいが近づいた。

「来るな」

大野が太刀を抜いた。

「男と女の間を白刃で隔てるなど、無粋でございましょう」

やよいが眉《まゆ》をひそめた。

「さっさとせぬか」

遊んでいるやよいをさつきが咎めた。

「姫さま」

やよいが問いかけた。

「そやつを父への土産にします。生かして捕えなさい」

琴がもう一度念を押した。

「はい」

うなずいたやよいが、白刃をものともせず近づいた。

「こいつっ……」

無防備なやよいに、大野が太刀を突き出した。

「当たりませんよ」

ほんのわずか首を傾けただけで、やよいが外した。

「嫁入り前の娘の顔を狙った罰は受けていただきましょう」

やよいが地面を蹴った。

「わっ」

突きを放ったばかりで、身体が伸びきっている。大野は避けようがなかった。

「なにより姫さまに切っ先を向けた罪は許さぬ」

やよいのやわらかかった口調が、酷薄なものにかわった。やよいが大野の右手を抱えこんで、ひねった。

「ぎゃあああ」

右肘《みぎひじ》の関節をねじ折られた大野が絶叫した。

「もう一つ、これはわたくしのぶん」

やよいが大野の股間を蹴り上げた。

「…………」

悲鳴が途切れた。大野が失神していた。

「あいかわらず、容赦《ようしゃ》ないの」

さつきが、眉をひそめた。

「敵に情けをかける……笑えませんよ」

口調をもとに戻したやよいが、転がっている中年の大野の襟首《えりくび》を摑《つか》んだ。

「行きますよ」

琴が歩き出した。

本多家の門は、大名家の屋敷と同じであった。左右に張り出した無双窓《むそうまど》を持ち、馬上の武者が並んで通れるだけの大きさを誇る。左右の壁も黒漆喰《くろしっくい》を塗りこめたもので、ちょっとした城塞《じょうさい》の趣《おもむき》を見せていた。

「さわがしいぞ」

玄関で本多政長が、娘を待っていた。

「聞こえましたか」

「男の悲鳴など聞きたくはないわ」

嫌そうな顔を本多政長がした。

「ちょっと見せつけてやろうかと思いましたので」

琴が笑った。

「放っておけばよいのだ。我が屋敷を見張っている連中など、ただの使い走りじゃ」

「わかっておりましたが、いい加減うるそうございましたので」

父も娘も、屋敷が何者かの手で見張られていると知っていた。

「見張ることで安心しているていどの小者など相手にせずともよい。いつ我が家の門が開かれ、そこから軍勢があふれ出すかわからぬと杞憂《きゆう》を抱いている連中じゃ。考えてもわかろうに。五万石ていどで百万石の城下を落とせるわけがない。最初は不意を突けるだろう。だが、少し経《た》てば、数で押しつぶされるのが落ちだ。下手な自刃のようなまねを、この儂《わし》が、本多の血を引く者がするわけなどない。損得勘定さえできない者など、気にするな」

「さようでございますね」

琴が同意した。

「なんのために、本多が堂々たる隠密などという呼び名を放置しているか。それを考えれば、わかることだ。裏を読まぬ、いや、裏に気づいておらぬ馬鹿どもは、敵ではない。味方よ。自らの足を引っ張っていてくれるのだからな」

「では、本多の敵は……」

父へ娘が問うた。

「賢き前田の殿。本多が金沢にある理由を知りつつ、それを利用されている」

本多政長が指を一つ立てた。

「もう一つは……」

二本目の指を立てながら、本多政長は口にしなかった。

「御上《おかみ》でございますね」

「……まことに惜しい。なぜ、そなたは女に生まれた。そなたが男ならば、本多はあと三代安泰であろうよ」

娘の答えに、本多政長が嘆息した。

「いっそ、瀬能との婚約を破棄して、一族から養子を迎え、そやつに家を譲るか」

「後からわたくしが、操ると」

「ああ」

「嫌でございまする。そんな面倒はごめんこうむりまする。それにわたくしには、本多家を存続させるよりも困難な任が待っておりまする」

「家の存続よりも困難……なんだ」

「子育てでございまする。我が子を一人前にする。それが人として母として、最大の仕事でございましょう」

「たしかにな。子供がまともに育たねば、代は続かぬ」

本多政長が納得した。

「女が男よりも賢いのは、子育てのためか」

「さようでございまする」

にこやかに琴が笑った。

「よい表情をするようになったな。もう、部屋へ戻れ。疲れたであろう。そやつはこちらで預かる」

「お願いをいたしまする。では、参りますよ、さつき、やよい」

女中二人を従えて、琴が奥へと消えた。

「兵部《ひようぶ》」

「はっ」

ずっと玄関土間の片隅で片膝《かたひざ》を突いていた家士が本多政長に近づいた。

「琴の土産を任せる」

「訊き出した後の始末はいかがいたしましょう」

兵部が尋ねた。

「裏山に埋めてもなにも文句は言ってこまいがな。筆頭宿老の娘を攫《さら》おうとしたのだ。門前で殺そうとも知らぬ顔だろうよ」

「……ひっ」

意識を取り戻していた大野が本多政長の言葉に息を吞《の》んだ。

「殺されたくなければ、すべて喋《しゃべ》れ。さすれば生きたまま帰してやる。もっとも折れた腕と潰れた股間はもとに戻らぬがな」

「…………」

顔を見た本多政長に大野が口をきつく結んだ。

「別によいぞ。なにも言わなくともな。見たところ、吾と同輩のようだ」

本多政長と同輩とは、加賀藩士ということだ。その身形から本多政長は、この中年の男が前田孝貞《たかさだ》など重臣の家臣、いわゆる陪臣《ばいしん》ではないと見抜いていた。身分にうるさい加賀では、禄《ろく》がたとえ多かろうとも陪臣に絹物などを身につけることを禁じていた。

「なにも言わなければ殺す。あとは藩庁へこう命じればいい。藩士の死亡届けの提出があれば、かならず検屍《けんし》をせよとな。そして死体なきは、家督相続を認めるなともな」

「……そんな」

殺されて裏山に埋められれば、葬儀をおこなわなければならなくなる。いつまでも病気を装ってもいられないのだ。藩から見舞いの使者が来ればそこまでになる。かといって急病死を装っても死体がなければ家が潰れる。本多政長の脅しは大野を揺るがした。

「儂は忙しい。兵部、任せる。日暮れまでに口を割らなければ、始末せよ。このていどの小者にかかずらっている暇はない」

「お任せくださいませ」

主の指示に兵部が頭を下げた。

「小者……ま、待ってくれ」

背を向けた本多政長に大野が手を伸ばした。

「…………」

本多政長は振り返らなかった。

三

瀬能数馬は加賀藩の江戸詰の留守居役である。留守居役は幕府や他家との交渉を役目とする。なかでも幕府から押しつけられるお手伝い普請や、将軍の子女などを避けるための根回しが最重要な任であった。

「聞かれたかの」

「お手伝い普請のことでござるか」

「寛永寺《かんえいじ》拡張らしゅうござるな」

江戸城留守居溜《だまり》で、外様大名の留守居役が集まっていた。

将軍の居城である江戸城で、陪臣に与えられた唯一といっていい場所が、この留守居溜であった。

留守居溜は、正式名称を蘇鉄《そてつ》の間といい、中の御門を通って廊下一つをまっすぐ進んだ左にあった。七十畳という広大な広さを誇っているが、そこに交代寄合《こうたいよりあい》の留守居役を含め三百人近い陪臣が詰めるのだ。一畳を四人ていどで共有しなければならず、密談は難しい。

「先代の上様のお墓が寛永寺に決まりましたな」

「うむ。増上寺《ぞうじょうじ》ではなかった」

二人の留守居役が話した。

江戸には徳川家にとって格別な寺院が二つあった。

一つは初代徳川家康が武蔵《むさし》の名刹《めいさつ》を芝《しば》に移した増上寺である。将軍家菩提寺《ぼだいじ》と決められた増上寺には二代将軍秀忠が葬られていた。

対して、三代将軍家光によって建立《こんりゅう》された寛永寺は、将軍家祈願寺とされていた。祭祀《さいし》のうち祀を預かる増上寺、祭を担《にな》う寛永寺、こう棲《す》み分けがされていた。

それがあっさりと崩れた。崩したのは、三代将軍家光であった。

秀忠に疎《うと》まれ、あやうく弟忠長に三代将軍の座を奪われかけた家光は、父よりも祖父を敬愛した。祖父家康を父と公言してはばからず、やはり弟を偏愛した母お江与の方の喪にさえ服さなかった家光は、その死後も父母の眠る増上寺ではなく、日光《にっこう》への埋葬を願った。

これが前例となってしまった。

さらに家光は前例を作っただけでは満足しなかった。家光は、寛永寺を祈願寺から菩提寺へと格上げする手配をしていた。

それが家綱の墓所を寛永寺とするとの指示であった。家綱は家光の遺言で寛永寺に葬られる最初の将軍となった。

祈願寺と菩提寺では、格も規模も違う。

寛永寺はその名前からわかるように、年号を冠とする格式を誇る。とはいえ、古くから武蔵の国にあった増上寺に比べると歴史も浅く、徳川家だけの祈願寺ということもあり、諸大名からの布施も少ない。

しかし、徳川の菩提寺になると話は変わった。将軍の年忌《ねんき》がおこなわれるようになれば、供奉する大名の控えとなる僧坊も要る。拡張は必須であった。

「将軍家菩提となれば、普請をする大名の格式は最高」

「さよう。となれば、数万石ていどの外様大名では不足」

留守居役が嘆息した。

「それで柳《やなぎ》の連中は穏やかなのでござるな」

別の留守居役が嘆息した。

柳とは柳の間詰のことだ。柳の間は別名五位の外様大名の席と呼ばれ、十万石以下の外様大名が登城したおりに詰める部屋であった。

「寛永寺の拡張を請け負えるとなれば……」

「一家でできるのは、加賀どの、薩摩《さつま》どの、仙台《せんだい》どの」

留守居役たちが、少し離れたところで談笑している加賀藩、仙台藩の留守居役たちを見た。

「二家となれば、我が熊本、ご貴殿の福岡、井上《いのうえ》どのの岡山、鳥取の池田《いけだ》さま、秋田の佐竹《さたけ》さま、長州毛利《ちようしゆうもうり》さま、広島の浅野《あさの》さま」

細川家の留守居役が指を折った。

「……どちらにせよ」

福岡黒田《くろだ》家の留守居役が声を潜《ひそ》めた。

「勘弁いただきたいの」

「まったくじゃ。福岡城を一から建てたこともあり、我が黒田家の内証《ないしよ》は、幕初から厳しいうえ、九州からの参勤はまことに金がかかる。金蔵には床板しかござらぬわ」

「ご同様じゃ、我が池田家は、鳥取と岡山で国替えをいたしたときの費用《ついえ》が、未《いま》だに響いておりましてな」

三人の留守居役が、自家の窮乏《きゆうぼう》を強調した。

お手伝い普請は、そのすべてが命じられた大名の負担となった。とくに江戸城や日光東照宮、増上寺、寛永寺などは、徳川家にかかわりが深いだけに別格であった。別格とは、最高の材料と腕の良い職人を使用するということだ。

「名誉である」

「将軍家への忠誠を見せる好機ぞ」

お手伝い普請を指名する老中たちは、こう言ってくる。これは、最高の仕上がりをせよとの命《めい》でもあった。

使う木材は柾目《まさめ》のとおった檜《ひのき》に限り、普請をする大工を始めとする職人は名人と呼ばれる者でなければならない。となれば、その費用は通常の普請の倍以上かかる。

「二万両ではすみますまい」

「いや、将軍家菩提寺でござるぞ。普請の内容にもよりましょうが、五万両はかかりましょう」

「寺域を拡げ、多数の宿坊を作るくらいならば、それで足りましょうが……将軍家墓所の整備が加われば、十万両は……」

「十万両……とんでもない」

黒田家の留守居役が手を振った。

十万両は、二十万石の大名の年収にひとしい。福岡黒田藩は四十三万三千石である。倍以上の年収があれば大丈夫だろうと思われるが、それは違った。

大名の領地は藩士の禄《ろく》を含めたものなのだ。福岡藩の知行取りは五百三十人、総石高は三十万千三百石余になる。これは知行取りだけで、扶持米《ふちまい》取りは含まれていない。足軽などの扶持米取りを加えれば、およそ三十五万石が、家臣たちの禄になる。つまり、黒田家としての石高は、残りの八万石ほどしかないのだ。さらにこれは表高であり、五公五民の年貢だと半分の四万石になる。四万石で、藩主とその一族の生活費、江戸屋敷の維持費、諸藩との交際費用などを賄《まかな》わなければならない。もちろん、参勤交代のかかりも要る。

余裕などないどころか、毎年赤字を出し、先祖から貯めてきた軍資金を取り崩してなんとか回している有様である。そこに十万両近い臨時支出など、賄《まかな》えるはずもなかった。

「今、すんなりと十万両を出せるのは……」

黒田家の留守居役が、もう一度加賀の留守居役を見た。

「加賀さまだけであろうな」

「……………」

残りの留守居役二人が、うなずきあった。

「なんとかして加賀さまに……」

三人の願望が漏れた。

噂されている加賀藩留守居役の五木《いつき》参左衛門《さんざえもん》は、なにを言われているかしっかりと理解していた。

「五木どのよ」

領地も近く、格式も等しいことから親しく交流している福井藩松平《まつだいら》家の留守居役が、小さく顎を振って黒田家ら三人のほうを注視するよう合図した。

「お気遣い痛みいりまする」

軽く頭を下げて、五木が謝した。

「放置しておいてよろしいのでござるか。既成事実として城中に広まれば、いささかまずいことになるかと」

松平家の留守居役が助言した。

前述したように、留守居役の仕事の主たるものが、お手伝い普請を避けることである。その方法として、まずお手伝い普請を誰にさせるかを決定できる老中や普請奉行などの機嫌を取り、指名されるのを避ける。そのため留守居役には破格の交際費が認められていた。

もう一つが、噂であった。

なになにという普請は、どこどこの大名に命じられるらしいといった噂をわざと流すのである。城中でなにが話題になっているかを把握できないようでは執政とはいえない。噂はすぐに老中の耳に入る。

「ふむ。ちょうどよいな」

お手伝い普請は、どこの大名も嫌がる。押しつけた大名からは確実に恨まれる。外様の小藩に恨まれたところで、どうということはないが、さすがに五十万石をこえるような大藩はまずい。将軍家との婚姻《こんいん》など、どこで要路と繋《つな》がっているかわからないからだ。かといって、逃げてばかりもいられない。そんなとき城中での噂は後押しとなった。

「評判になっている割に、留守居役が勘弁してくれとは申してこなんだな。ということは、お受けするつもりがあるのだろう」

こう老中が受け取ることもある。

噂も金と女同様、留守居役の武器であった。

「いや、なかなかゆるいお方たちでございますな」

五木が鼻先で笑った。

「百万石なら請け負えるというならば、五十万石二人、あるいは三十万石三人でもできるということでございまする」

「では……」

松平家の留守居役が大きく目を見開いた。

「先代さまのご葬儀が終わったころから、根回しはいたしております る。寛永寺に上様の墓所をと聞いた段階で、お手伝い普請は予想できましたのでな」

「なんとまた……」

松平家の留守居役が啞然とした。越前《えちぜん》福井藩松平家は、将軍家の一門である。その祖は、家康の次男秀康《ひでやす》であった。

二代将軍秀忠の兄になる秀康は、結城《ゆうき》家を相続していたため、二代将軍となれなかったが、その家は格別な大名として、徳川幕府から保護されていた。

その後秀康の息子忠直《ただなお》の奇矯《ききよう》などもあり、越前松平家はその封地を大きく減じられていたが、家格は御三家に次ぐものとして扱われている。お手伝い普請を命じられることなどないだけに、留守居役も外様に比べれば甘かった。

加賀藩とは同じ大廊下下部屋詰という格でありながら、親藩であるため留守居役も幕府の機嫌を取らずにすんでいる。それが越前福井の留守居役の実力であった。

「どこにそのような配分で、お手伝い普請が下りていくかはわかりませぬが、一つの藩で請け負うよりは厳しゅうございましょう」

すでに他人事だと五木が淡々と述べた。

「どういうことでござる」

松平家の留守居役が首をかしげた。

「一つの藩ですべてをおこなえば、材料、職人の質、仕上がりの出来など、競わずともよろしゅうございましょう」

五木が答えた。

「なるほど。複数の藩でやれば、そこに優劣がつく」

すぐに松平家の留守居役が理解した。

「さよう。完工のときに、普請奉行さまから言われるのは、厳しゅうござるぞ。某《なにがし》のところは、よい材木を使っておったとか、なかなかの細工である。よき職人を手配したのだろうなどと嫌みを言われるだけならまだしも……」

「まだあるのでござるか」

松平家の留守居役が驚いた。

「普請が終わったあとの、将軍家お披露目のおりにの」

五木が頬をゆがめた。お手伝い普請は、幕府によって命じられた仕事である。当然、完成したことを将軍に報告しなければならない。そして完成を知った将軍は、お手伝い普請をした大名に褒美《ほうび》を与える決まりであった。もちろん、褒美といっても、衣服や刀剣、名馬などの下賜《かし》あるいは、松平の名乗りを許す、官位の昇級などで、幕府の懐《ふところ》がいたむものではない。

「順位をつけられるのでござる」

「それは厳しい。同格の大名のあいだで優劣をつけられては……下手をすれば主君の面目丸つぶれでござる」

同格とは殿中での詰め所が同じ大名をいう。なにもかもが同じではないが、将軍からかけられる言葉などは等しい。そこに優劣を持ちこまれてはたまったものではなかった。とくに石高が上、あるいは年齢が上の大名よりも、石高の少ない、若い大名が上席となったときが面倒であった。

「遠慮せねばならぬとわかった主君は、赤恥でござるな」

松平家の留守居役が首を小さく左右に振った。

「いかにも。恥を掻《か》かされた、その怒りは、お手伝い普請を担当した用人や普請方、そして避けられなかった留守居役に向かうことになりますな。実際、お手伝い普請を受けざるを得なくなったとして、留守居役を解かれて国元へ送り返された御仁《ごじん》もおりますでな。さて、半年先、あのお歴々のうち何人がここにおられましょうかの」

五木が冷たく言った。

留守居溜は、七つ（午後四時ごろ）までに退出しなければならなかった。

「お先でござる」

「これから少しいかがでござる」

各々《おのおの》親しい相手に挨拶《あいさつ》や誘いをかけながら、留守居役たちが溜を後にしていった。

「では、わたくしもこれで」

松平家の留守居役が、五木に声を掛けた。

「お疲れさまでござる」

大手門で二人は別れた。

加賀藩上屋敷に戻った五木は、留守居控《ひかえ》に顔を出した。

「瀬能だけか」

五木が一人残っていた瀬能数馬に声をかけた。

「六郷さまは、御老中大久保加賀守さまのお留守役さまとご会合、渡瀬《わたせ》さまは、大目《おおめ》付《つけ》さまのご用人さまと……」

数馬が予定を伝えた。

「そうか。儂は今夜出かけぬ。長屋におるゆえ、なにかあれば参れ」

「はい」

「よいか。決して、一人で判断するなよ」

「承知いたしております」

「きっとだぞ」

しつこく念を押して、五木が帰宅した。

「…………」

残された数馬はおもしろくなかった。

「まだ慣れてはおらぬとはいえ……」

数馬は不満を漏らした。

留守居役は他人を相手にする役目である。それも機嫌をとらなければならない。そして相手にこちらの言うことを聞かせる、あるいは要求を削減するのが仕事である。相手の顔色を読まなければならないし、言質《げんち》を取られないよう発言にも注意が要る。ゆえに留守居役は、手慣れた壮年以降の藩士から選ばれる。それになぜかまだ二十歳《はたち》そこそこの数馬が任じられた。危うくお家騒動になりかけた揉《も》め事《ごと》を収めるのに功があったとはいえ、藩主綱紀と筆頭宿老本多政長のごり押しに近い。

加賀藩を代表する二人の差配《さはい》となれば、誰も反対できない。こうして数馬は、将軍秀忠の娘で三代藩主利常の正室珠姫《たまひめ》の御陵番《ごりょうばん》という閑職から、江戸詰留守居役へと転じた。

一人文句を言っている数馬の耳に、遠く暮れ六つ（午後六時ごろ）の鐘が聞こえた。

来客が来るかも知れない暮れ六つまで、留守居役は控にいなければならない。もちろん、来客の対応をするのは用人たちの仕事であり、留守居役が接待することはない。留守居役は、来客の用件を推察したり、間柄を説明するために残っているのだ。

「帰るか」

数馬は腰をあげた。

江戸詰の家臣には、長屋という住居が与えられた。石高や格式によって違い、家老職ともなれば、立派な冠木門《かぶきもん》と広い庭も付いている。千石で留守居役の数馬に与えられた長屋もかなりのものであった。

「お帰りなさいませ」

数馬が声をかけるまえに屋敷の門が開き、女中の佐奈が出迎えた。

「……うむ」

数馬は驚きを隠してうなずいた。

これもいつものことであった。どうやって知るのか、佐奈は数馬の帰宅をいつも待ちかまえていた。

「お佩《は》きものをお預かりいたしまする」

佐奈が手の上に白布を置いた。

「頼む」

腰から太刀を外して、数馬は佐奈の白布の上に置いた。

「お帰りなさいませ」

家士の石動庫之介《いするぎくらのすけ》が、駆け寄ってきた。

「気づかず、申しわけございませぬ」

石動が頭を下げた。

「よい。それより着替えるゆえ、少しつきあえ」

手を振って数馬は剣術の稽古《けいこ》をしたいと伝えた。

「お庭で」

「暗いか」

すでに日は暮れている。問うた石動に数馬は確かめた。

「いささか厳しいかとは存じますが、幸い、今日は十日、月あかりはございまする。切っ先に十分ご注意をいただけるならば……」

石動が条件をつけた。

「夜間の戦いも考えねばならぬしな」

数馬は、庭でいいと告げた。

留守居役に太刀遣いは不要である。太刀より弁舌が肝心であった。だが、数馬は違った。藩主綱紀公を四代将軍家綱公の世継ぎにしようとする者と反対する者との間に起こった騒動に巻きこまれたおかげで、命を狙われることが多々あった。それだけではなかった。もともとそのお家騒動を仕掛けた酒井雅楽頭の手の者との戦いもあった。

生き抜くためには、剣術の修練も欠かせない。

数馬は毎日留守居控から帰ると木刀を振ることにしていた。いつもならば、一人で素振りを繰り返すのだが、本日は五木の言葉に鬱積《うっせき》した数馬は、無性に身体を動かしたくなっていた。

「では」

「おう」

先に木刀を構えた石動に、数馬は応じた。

月はまだ中天に届いていないため、足下はほとんど真っ暗で石などがあっても判別はできない。しかし戦いで、足下を注意しすぎては、相手から目を離すことになる。戦いで相手を見ないのは、負けてもいいと同義である。たしかに相手の目を見ず、鳩尾《みぞおち》や手先、足先などを注視することはままある。あきらかに相手の腕が上回るとき目を見れば射竦《いすく》められてしまうし、動きの出が遅い顔に注意を奪われるのは対応に手間取る原因となる。そこでもっとも早く動き出す足先に気を配るのがよいと数馬は祖父から教えられてきた。

「見えぬ」

石動の足下に目を落とした数馬は嘆息した。汚れが目立たないようにと白足袋《たび》ではなく紺足袋を履《は》く石動の足先は、闇に溶けていた。

戦場でいかにうまく人を殺すかの技術をまとめた介者《かいしゃ》剣法をよく遣う石動は、数馬よりも二枚ほど腕が立つ。

数馬は目の付けどころを腰へと上げた。

人の目というのは便利なものである。わずかな明暗をとらえ、それをしっかりと識別できる。

そして腰も、出の始めで動く場所であった。

人の身体は、腰から上、腰から下の二つに大別できた。腰から上を動かしたところで、前に身体を倒さないかぎり、間合いをこえて太刀を届かせることはできない。遠い間合いを埋めるには、どうしても腰から下、すなわち足を出さなければならないのだ。そして足を出すには、当然繫《つな》がっている腰に動きが出る。片足を前に出せば、そちらに腰も釣られていく。つま先にくらべて、ほんのわずかながら遅れて動くとはいえ、目を置くにはよい箇所《かしょ》であった。

「…………」

無言ながら、石動が満足そうに口の端をあげた。

「参りますぞ」

「来い」

石動の宣告に、数馬はうなずいた。

「しゃっ」

鋭い気迫とともに、石動が前へ駆けだした。

「くっ」

その速さに数馬は息を呑みながら、木刀を振った。

鋭い音を発して、二人の木刀がぶつかった。

「やあ」

受け止めた反発を利用して、数馬は後へ跳んだ。半間（約九十センチメートル）ほど下がって、石動の木刀から離れるなり、地を蹴った。

「なんの」

石動が木刀で止めた。

「おう」

「むうう」

今度は下がらず、数馬は鍔《つば》迫《ぜ》り合《あ》いに持ちこんだ。

鍔と鍔が触れあうほどの位置関係で、互いの刃《やいば》をあてあうことを鍔迫り合いと言った。相手の顔は目の前にあり、息が顔にかかるほど近い距離で、押し合うのだ。力負けして退けば、相手の刃《やいば》が確実に食いこむ。また、力を入れすぎたところをいなされれば、一気に体勢を崩す。退くも出るも、相手の状態をよく観察しなければならず、うかつなまねは死に直結する。これが鍔迫り合いであった。

幸い、木刀での鍔迫り合いは白刃と違い、滅多《めった》なことでは命にかかわるほどの傷を負わない。だからといって手を抜いては稽古にならない。

数馬は力を込めて木刀を押した。

「なかなかに」

受け止めた石動が感心した。

「ですが、まだ軽うござる」

石動が木刀を下から起こすように押し上げた。

数馬と石動には体格に差があった。背の高さでは数馬が勝るが、体重では劣る。背が高いと腕が長くなり、間合いをとれるという利点がある。しかし、体重が軽いと、一撃に乗せられる重さが減った。

剣術でも槍術でも同じであるが、武術の強さは筋肉の多さによって変わった。筋肉の量が多いほど、力は出しやすく、さらに乗せやすい。ただ、筋肉は重い。皮下脂肪よりも筋肉は重いのだ。ゆえに、速さでは不利になった。

なれど、これは通常の戦いにおいてであり、鍔迫り合いともなれば話は違った。よほどうまく力をそらさない限り、鍔迫り合いは力の勝負になる。

背が高い割に体重の軽い数馬は、石動の力に負けそうになった。下から持ちあげられ、腰が浮く。腰が浮いては、太刀ゆきの力はなくなる。

「おのれっ」

数馬は木刀同士の接点を中心に、身体を右へと回し、力をやり過ごそうとした。

「甘うござる」

しっかりと見抜かれていた。

重心をずらしたことで軽くなった数馬の身体を、石動は木刀ごしに持ちあげた。

「わっ」

大きく体勢を崩した数馬に反抗の手だては残されていなかった。

「くうう」

投げ出されるようにして転んだ数馬は、したたかに腰を打った。

「これまででよろしゅうございますか」

「ああ……つう」

稽古の終わりを宣言した石動に、数馬は顔をゆがめながら同意した。

「ご気分は晴れましたか」

縁側に座って稽古を見ていた佐奈が問うた。

「いささかはな」

「鬱屈《うっくつ》の発散に剣術の稽古をなさるのはよろしゅうございますが、理のない動きはいただけませぬ」

倒れた数馬が離したものを拾って、二本の木刀を手にした石動が苦言を呈した。

「わかるか」

「太刀には心が出ますゆえ」

問うた数馬に石動が答えた。

「わたくしにもわかりまする。殿方の気は、簡単に高ぶりますゆえ」

佐奈も同調した。

「では、拙者《せっしゃ》はこれで」

一礼して石動が下がった。

「高ぶったものは、散らさねばなるまい」

縁側に腰掛けながら、数馬は不満を漏らした。家臣と女中二人にたしなめられたことへの反発であった。

「散らす方法は、剣だけではございませぬ」

「他に何があると申すのだ」

「わたくしがおりまする」

佐奈が告げた。

「妾《めかけ》とは、子をなすためだけにあるのではございませぬ。旦那さまの気を安らげるのも妾の仕事でございまする」

「……妾」

数馬が絶句した。

留守居役は妾宅《しょうたく》を設けるという慣例を持っていた。信用できる女に妾宅を任せ、そこを密談の場とするためであった。

なれど、数馬はまだ留守居役として新参であり、妾宅を持ってはいなかった。ただ、妾と決まった女はいた。佐奈である。

許嫁の琴の女中であった佐奈が、数馬の身の回りの世話をするために江戸へ出てきた。その身の回りのなかに、遠く金沢に残った琴の代わりとしての閨《ねや》ごとも含まれていた。

「今宵《こよい》でも……」

「風呂に入る」

言いかけた佐奈から逃れるように数馬は風呂へと向かった。

第二章　直参《じきさん》と陪臣《ばいしん》

一

四代将軍家綱は、実子を遺《のこ》すことなく亡くなった。跡継ぎなきは改易が徳川幕府の決まりである。かといって徳川幕府の根本である本家を断絶させるわけにはいかない。将軍がいなければ幕府は成立せず、崩壊するだけだからであった。

かといって、将軍は天皇と同じく直系での正統な継承をしなければならない。理不尽としかいえないものだが、これは形式であり、決まりであった。

子供が居ないのに、直系での相続。矛盾《むじゅん》したように見えるこれをなすための手段が、養子であった。

綱吉は、兄家綱の養嫡子《ようちゃくし》となって、五代将軍の座を獲得した。

もっとも、まだ五代将軍の将軍宣下《せんげ》はおこなわれていない。これは、前将軍の喪《も》が明けるのを待っているからであった。

家綱の喪明けの四十九日がすんでから、吉日を選んで朝廷からの勅使を迎え、将軍宣下を受ける。

綱吉が将軍となっていない江戸は、四十九日が過ぎてもまだ喪中同然であった。

「することがない」

瀬能数馬は、誰もいなくなった留守居控《るすいひかえ》で嘆息した。

家綱の服喪として命じられた音曲停止《おんぎょくちょうじ》は、すでにその期間を過ぎている。だからといって、留守居役が大っぴらに会合と称する宴席をするのはまずい。

「いかに音曲停止が解かれたとはいえ、武士が将軍家への悼《いた》みを終わらせるなど論外である。音曲が解禁となったのは、庶民をいつまでも抑えておくわけにもいかぬという、仁から出たもの。武士ならば、将軍の喪に一年は服さねばなるまいが」

目付《めつけ》にこう言われれば、誰も反論できないのだ。

宴席が仕事の場である留守居役も、新しい将軍が決まり、その慶賀で喪が吹き飛ぶまで目立つまねを避けなければならなかった。

かといって、留守居役が藩邸に引きこもっていては話にならない。留守居役は藩の外交を担《にな》っているのだ。屋敷のなかで外交などできるわけもなく、外に出て初めて役目は果たされる。

もちろん、互いの屋敷を訪ねての意見交換はできる。ただし、これは大名同士の場合である。相手が役人となれば、この手は使えなかった。屋敷に呼びつけるなど論外であるし、こちらから訪ねてその姿を他者に見られてはまずい。癒着《ゆちやく》していると非難されてしまう。そうなれば、幕府役人は二度と会ってくれなくなる。

そこで、留守居役たちは、服喪中の江戸城下を離れたところで、会合を持っていた。

江戸から一刻（約二時間ほど）ほどで行ける、品川《しながわ》、板橋《いたばし》、内藤新宿《ないとうしんじゆく》、千住《せんじゆ》の四宿や、苦界として世間から切り離された吉原《よしわら》で会合が開かれていた。

いつもと変わらない場所で、やっていることも同じだが、こういった形を整えておかないと、幕府役人から難癖をつけられかねなかった。

なにせ喪中に近い状況での宴席である。派手にしてはならず、かといってお通夜のようでは接待にならない。さじ加減が難しく、十年以上の経験を持つ慣れた留守居役でさえ、気を遣《つか》わなければならない。昨日今日留守居役に抜擢《ばつてき》されたばかりの数馬にできるわけもなく、今日も一人留守番を命じられていた。

「ここか」

留守居控の襖《ふすま》を若い武家が、挨拶《あいさつ》もなしに開けた。

「瀬能と申す者はおるか」

許しもなく留守居控に足を踏みこんだ若い武家が立ったままで問うた。

「どなたか」

あまりの無礼さに、数馬は返事ではなく、誰何《すいか》で応じた。

「横山玄位《よこやまはるたか》である」

「江戸家老どの……」

名乗りを聞いた数馬は驚いた。

無礼な若者は、加賀藩《かがはん》で本多家、長《ちょう》家に次ぐ禄《ろく》と家格を誇る定府《じょうふ》の江戸筆頭家老であった。

「瀬能数馬はわたくしでございますが」

筆頭家老を無視するわけにもいかず、数馬は探しているのは己《おのれ》だと答えた。

「きさまが、瀬能か」

仁王立ちで横山玄位が、数馬を見下ろした。

「なにか御用でございましょうや」

「ついて来い」

問うた横山玄位が命じた。

「あいにく、筆頭留守居役の六郷《ろくごう》どのより、控で待機しておるようにとの指示が出ておりますれば、ご容赦《ようしゃ》くださいませ」

ていねいに数馬は断った。

「余の指図に逆らうか」

横山玄位が顔を赤くした。

「上からの指示でございまする」

逆らっているわけではないと数馬はもう一度告げた。

「たかが筆頭留守居役ではないか。江戸家老として命じる。ついて参れ」

「…………」

数馬は困惑した。

江戸家老は、江戸詰《づめ》の藩士すべての指揮権を持つ。数馬もそれに従わねばならないが、役目の上での上司からは、出歩くなと釘を刺されている。

「言うことを聞かぬとあれば、相応の罰を覚悟せい」

反応しない数馬に、横山玄位が苛立《いらだ》った。

「失礼ながらお伺《うかが》いいたしまする。どこまでお供をすればよろしゅうございましょう」

数馬は少しでも情報をと考えた。

「吾《わ》が屋敷じゃ」

「横山さまのお屋敷でございますか」

確認するように、数馬は繰り返した。

加賀において格別な家柄とされている万石以上の家臣七家のほとんどが、江戸に屋敷を持っていた。どれも加賀藩上屋敷のある本郷《ほんごう》に近いが、それでも藩邸とは違う。なかにいる家臣や中間《ちゅうげん》、小者は横山家に奉公しているのであり、加賀藩へ忠誠を誓ってはいない。

「わかりましてございまする。お供させていただきまするが、今しばしお待ちを」

「なんじゃ」

「控を出てはならぬとの指示を破るわけでございますので、どなたの命《めい》でどこへ行ったかを残しておかなければなりませぬ」

「そのようなものは不要じゃ」

横山玄位があわてた。

「こればかりはさせていただきまする。お役を途中で放り出すことになるのでございますゆえ」

「…………」

お役と言われてはどうしようもない。役目はすべて主君から出る。ただすべての業務を藩主が指示できないので、それぞれの頭《かしら》が代行しているだけである。どのようなものでも、正式に上役から言われたものは、主君の命と同じ扱いを受けた。これを邪魔するのは、主君への反抗と取られかねなかった。

「……やむをえぬ」

苦々しい顔で、横山玄位が認めた。

「もう一つ、家人にも出かけると伝えなければなりませぬ。女中に申しつけておかねばなりませぬ」

「女中……そのていどならばよかろう」

横山玄位が認めた。

「……これでよろしゅうございまする」

書付《かきつけ》を留守居控に残して、数馬は立ちあがった。

横山家は二万七千石とちょっとした大名並みの禄を誇る。当然、主君の外出は駕籠《かご》になり、格式に応じた供揃《ともぞろ》えの行列となった。

「駕籠の後につけ」

藩主家からの敬意と温情として、江戸家老には玄関式台まで駕籠をつける権威が与えられている。

駕籠に乗り込みながら、横山玄位が指定した。

「承りましてございまする」

うなずきながら、周囲に目をやった数馬は、口のなかで呟《つぶや》いた。

「行列を仕立ててきただと。目立つことこの上ないな。玄関番、門番だけでなく、多くの家中がようすを窺《うかが》っている。書付は無用だったか」

数馬は、横山玄位が名指しで己を迎えに来たことに不審を覚えていた。数馬と横山玄位には、なんのかかわりもないのだ。準備もせず能天気に従うわけにはいかなかった。

「畏《おそ》れ入るが、これを吾が長屋へお願いしたい」

数馬は先ほど認《したた》めた佐奈への手紙を、玄関番に託した。

「たしかに」

玄関番が引き受けた。

「出る」

駕籠が加賀藩上屋敷の門を潜《くぐ》った。

「玄位が、瀬能を……」

玄関番から報《しら》せを受けた綱紀《つなのり》が、首をかしげた。

「なにをしたいのだ、あやつは」

綱紀が、脇にいた江戸家老次席村井《むらい》へ問うた。

「わかりかねまする」

「瀬能を取りこめて殺すことはないか」

「いたしますまい。これだけの者が見ておるのでございまする。瀬能が帰ってこなければ、真っ先に疑われましょう」

尋ねた綱紀に、村井が首を左右に振った。

「無礼討ちはとおらぬしの」

二万七千石とはいえ、加賀前田家の家臣には違いないのだ。いわば数馬と同格である。無礼討ちは格下の者にしか適用されず、同格の争いは理由がどうであれ、喧嘩《けんか》両成敗となった。

「千石と心中はいたしますまい」

村井が否定した。

「殿、これが」

そこへ家臣が留守居控に残されていた数馬の書付を持ってきた。

「読め」

綱紀が村井に命じた。

「……どうやら屋敷まで連れて参ったようでございまする」

書付を村井が読みあげた。

「ふむ」

綱紀が難しい顔をした。

「……そういえば、まだ家綱さまがご存命のころ、横山長次《ながつぐ》が来ておったな。玄位に余《よ》を説得させようとしてな」

思い出すように綱紀が言った。

「横山長次さまといえば、横山玄位どのの大叔父《おおおじ》で五千石の寄合《よりあい》旗本」

村井の表情も険しくなった。

「酒井雅楽頭《うたのかみ》の話を受け、五代将軍となるよう余を説得せいと玄位に強要したらしいが……あやつがまだ酒井雅楽頭に繋《つな》がっておるとしたら」

「旗本とはいえ、本家は加賀の横山でございますぞ」

「長次の父長知《ながとも》は、二代利長公が関《せき》ヶ原《はら》の直前、徳川家から謀反《むほん》を疑われたのを説得した勲功者だ。長次は、そのとき徳川に人質として出された後、家康公のお召しを受けて五千石の旗本になったのだ。加賀に対しては人質に出された恨《うら》みしかないだろう。対して、徳川には、旗本それも五千石という高禄で召し抱えてもらった恩がある。あやつにとって加賀は、出自《しゅつじ》の国でさえない。あやつはもう江戸者よ」

綱紀が嘆息した。

「ですが、どうして長次さまが、酒井雅楽頭さまの配下だと。すでに雅楽頭さまは、失脚いたしておりまする。少しものの見える者ならば、雅楽頭さまではなく、堀田備《びっ》中守《ちゅうのかみ》さまにすり寄るはず」

村井が首をかしげた。

「長次はたしか慶長《けいちょう》二年（一五九七）生まれだったはずだ。となれば今年で八十三歳」

「高齢でございますな。さすがに衰えましたか」

年齢を数えた綱紀へ、村井が言った。

「いや、そうではなかろう。長次を引きこむだけの餌《えさ》を酒井雅楽頭が出したと考えるべきだろうな」

「そのような力はもう雅楽頭さまにはございますまい」

「いや、まだ酒井雅楽頭は大老だ。五代将軍になった綱吉さまが罷免《ひめん》しないかぎり、大老の力は使える」

「あと一月《ひとつき》余り……」

「……………」

無言で綱紀が首肯《しゅこう》した。

「ときがない。綱吉さまが将軍となられた途端《とたん》、雅楽頭は幕閣から追放される。それだけですめばいいが、下手をうてば、その身は切腹、酒井家は取《と》り潰《つぶ》しもある」

「酒井といえば、譜代の名門でございまする。その祖を徳川と同じくするほどの家を潰しましょうや」

村井が疑問を呈した。

「潰されるだけのことを雅楽頭はした。徳川から将軍家を取りあげようとした。これは神君家康公のなされたことを無にするも同然だ。家康公が心血を注いで作りあげた幕府を、いや、将軍を飾りものにする行為ぞ」

綱紀が述べた。

「では……」

「必死の抵抗をするだろう。あらゆる手だてを取ってくるはずだ。その手段の一つに加賀が入っている」

「ただちに人をやって、瀬能を」

数馬を呼び返すと村井が腰をあげかけた。

「待て。このまま放置しておけ」

「……殿」

対応するなと言う綱紀に、村井が驚いた。

「どのような手を打ってくるのか、これで少しは見えよう。今のままでは、まったくの五里霧中だ。指先も見えぬ霧のなかで迷っているよりは、進むべき方向が見えるだけでもましだ」

「大事ございませぬか」

村井が懸念を表した。

「瀬能が取りこまれたところで、どうということはない。なにより、本多の爺《じい》が放っておかぬ。瀬能ごとき、いてもいなくても変わりはない」

あっさりと綱紀が数馬を切り捨てた。

「では、瀬能が戻りましたら、呼び出しましょう」

「要《い》らぬ。取りこまれていないならば、己から目通りを願ってくるだろう」

綱紀が告げた。

「来ぬ場合は、捕らえまするか」

「いや。誰に会うか、なにをするか、見張りを付けておけ」

「裏切り者をあぶり出すのでございますな」

藩主の策に村井が感心した。


数馬の手紙は、佐奈の手に届いた。

「かたじけのうございまする」

届けてくれた玄関番に礼を述べて、佐奈はなかを読んだ。

「……石動《いするぎ》さま」

「いかがなされた」

佐奈の呼びかけに、石動が応じた。女中ではあるが、佐奈はいずれ数馬の妾《めかけ》となると決まっている。石動は佐奈へていねいな態度を取った。

「旦那さまが、また無茶をなさいました」

佐奈が手紙を石動に渡した。

「拝見……」

石動が手紙に目を落とした。

「……まったく」

小さく石動が息を吐《つ》いた。

「お迎えに行っていただけましょうか」

「もちろんでござる」

石動がうなずいた。

「こちらも手配をいたしまする。そのお方をお待ち合わせのうえ、旦那さまを」

佐奈が告げた。

「承知いたしましてござる」

「お願いをいたしまする」

石動と佐奈が動いた。

二

横山の屋敷は、二万七千石にしてはこぢんまりしていた。これは、いかに大名並みの石高を誇るとはいえ、加賀藩の家老と江戸での身分は陪臣でしかない。世間から反発を受けないように遠慮しているのであった。

「お帰り」

行列の先触れが声を張りあげ、大門が開いた。

「大叔父は」

玄関につけられた駕籠から下りた横山玄位が、出迎えた用人に問うた。

「奥の客間でお待ちでございまする」

用人が答えた。

武家だけでなく、ちょっとした商家にも客間はいくつもあった。相手の格式や親しさなどで通す場所を変えるためであり、奥の客間は一族のためのものであった。

「瀬能、ついて参れ」

さっさと横山玄位が屋敷のなかへと入っていった。

「…………」

「どうぞ」

用人が、戸惑っている数馬を促した。

「御免《ごめん》」

一応軽く頭を下げて、数馬は横山玄位の後を追った。

「大叔父、開けますぞ」

今度は襖《ふすま》を開ける前に、横山玄位が声をかけた。

「おう」

なかから応答があった。

「お待たせをいたしましてござる」

屋敷の主《あるじ》として上座に腰を下ろした横山玄位が詫《わ》びた。

本家は横山玄位であるが、分家ながら横山長次は旗本なのだ。私的な場所であれば本家である横山玄位が格上になるが、公的な場だと直参《じきさん》の横山長次が優る。なにより年齢が孫と祖父ほど差がある。これらの条件が重なり、横山玄位は横山長次に低姿勢であった。

「いや、儂《わし》の頼みである。些《いささ》か待つくらいは、どうということではない」

横山長次が手を振った。

「そこへ座れ」

挨拶を終えた横山玄位が、廊下で戸惑っている数馬へ、部屋の襖際を指さした。

「ご無礼つかまつる」

数馬は指定された場所に座った。

「で、そやつが瀬能か」

横山玄位から数馬へ横山長次が目を移した。

「さようでござる。瀬能、寄合旗本の横山長次どのだ」

「お初にお目にかかりまする。加賀藩留守居役瀬能数馬でございまする」

紹介を受けて、数馬は名乗った。

「横山長次だ。見知りおけ」

短く横山長次が応じた。

「御用をお伺い願えましょうや」

長居したい場所ではない。数馬は礼に失しないような言いかたで用件を急《せ》かした。

「旗本に復帰したいであろう」

「えっ」

一瞬なにを言われたのか、数馬はわからなかった。

「聞こえなかったか、旗本に戻りたくはないかと訊《き》いておる」

横山長次が苛立った。

「仰《おお》せの意味がわかりませぬが」

数馬はまだ困惑から立ち直っていなかった。

「そなたの家は、二代将軍秀忠さまの次女珠姫《たまひめ》さまが加賀へお輿入《こしい》れされたときにお供をし、そのまま加賀藩士にされた。そうであろう」

「さようでございまする」

事実である。数馬は認めた。

「旗本から陪臣に落とされたのだ。多少禄が増えたていどでは、割に合うまい」

「そこまでご存じでございましたか」

数馬は驚いた。

誰でも直参から陪臣に落とされたくはない。直参と陪臣の間にある溝は、町人と武士の身分差に等しい。過去、紀州《きしゅう》家の附《つ》け家老安藤《あんどう》家を継がされた二代目が、二万三千石の領地を捨ててもいいから、千石で旗本にして欲しいと秀忠に直訴したほど、その差は大きかった。

「珠を頼む」

秀忠は、遠く金沢に嫁いだ娘を思い、瀬能家に四百石の加増を与えることで、格落ちの代償とした。

「瀬能については、何もかも知っておる。そなた、狐《きつね》の娘を押しつけられておるそうだな」

「狐とはお口が過ぎましょう」

姻族《いんぞく》になる本多家を蔑《べっ》する横山長次へ、数馬が不快を表した。

「まちがってはおるまい。堂々たる隠密を狐と言ってなにが悪い」

横山長次が、嘯《うそぶ》いた。

「……」

旗本への抗議には、限界があった。陪臣として数馬はそれ以上口にできなかった。

「さて、話を戻す。瀬能を旗本に復し、禄も増やしてやろう」

「失礼ながら、そのような権限を……」

持っているのかと訊くのは失礼になる。数馬は最後まで口にせず、匂《にお》わせるだけにした。

「儂ではない。お名前を申しあげるわけにはいかぬが、旗本の一人や二人、いや、大名の一つ、二つでも、そのお方にかかれば簡単なことだ」

　横山長次が告げた。

「御老中さまでございますか」

「それ以上だと思え」

　訊いた数馬に、横山長次が答えた。

「なにをいたせと」

　承諾はせず、内容を数馬は問うた。

「二つある」

「……二つも」

「当たり前じゃ。陪臣が直参になろうというのだ。なまじの手柄でたりるはずはなかろう」

　目を見張った数馬に、横山長次があきれた。

「一つは、加賀忍《かがしのび》を一人捕らえて参れ」

「加賀忍……」

　数馬は首をかしげた。

「わたくしは聞いたことさえございませぬ。横山玄位どの、そのような者が、おるのでございますか」

「ああ」

確認された横山玄位が首肯した。

「もとは白山《はくさん》の修験者《しゅげんじゃ》であったというが、詳細は知らぬ。藩祖前田利家《としいえ》公が、加賀を織田信長《おだのぶなが》公より与えられたときに、家中として迎えたと聞いておる。根来忍《ねごろしのび》の技を受け継ぐとか、戸隠衆《とがくししゅう》の流れだとか言われておるが、実態はよくわからぬ」

横山玄位が語った。

「それだけご存じならば、横山玄位さまがご手配なされるほうがよろしいのでは」

知っている者と知らない者。どちらにさせたほうが、成功するかなど自明の理である。当然の疑問を数馬は口にした。

「家老にそのようなまねさせられるわけなかろうが。忍などという下賤《げせん》な輩《やから》のために家老が汗を掻《か》くなど論外である」

横山長次が強い口調で拒否した。

「ですが、わたくしでは誰が加賀忍だかわかりませぬ」

「足軽継《あしがるつぎ》を知っているな」

無理だと拒否した数馬に、横山長次が問うた。

「知っておりまする」

数馬はうなずいた。

かつて加賀から江戸へ藩主一門の前田直作を護衛して出府《しゅっぷ》する最中、襲われていた足軽継を助けたことがあった。

「加賀と江戸を二昼夜で行く。このようなこと、常人にできるものでない。野山を駆け巡って修行を積む修験者でなければ、できまい」

「足軽継が加賀忍だと」

横山長次に数馬は確認を求めた。

「疑いが濃いと言っておる」

断定を横山長次が避けた。

「それをそなたが調べろ」

横山長次が告げた。

「……もう一つのご要望とは」

留守居役の権が及ばない、話にもならない要求である。数馬は引き受けるとは言わず、話を進めた。

「そなた堀田備中守の留守居役小沢某《なにがし》と親しいらしいな」

「親しくはございませぬ。面識があるというていどでございまする」

横山長次の断定を数馬は訂正した。

「調べはついておると申したであろう。そなた、小沢と二人きりで会ったであろう」

「……それはそうでございますが」

まちがいではない。数馬は今度も認めるしかなかった。

「二人きりで会える。ようは、密談できる。そうだな」

「はい」

これも正しい。数馬は小沢の妾宅への出入りが許されていた。

「小沢を引き込め」

「はあ」

数馬は意味がわからず、みょうな声を出した。

「そなたは阿呆《あほう》か。このていどのこともわからず、よくもまあ留守居役など務まっておるな」

横山長次があきれた。

「大叔父。この者は本多政長の無理押しで留守居役になったのでござる。出戻り娘とはいえ、五万石の娘でござる。相手にはそれなりの格式が要りましょう」

事情を横山玄位が述べた。いや、暗に数馬が留守居役には不十分であると言っていた。

「あの本多が娘かわいさにしてのけたのか。どうりで、なにもわからぬはずじゃ」

馬鹿にした目で横山長次が数馬を見た。

「ご説明を」

あからさまに蔑視されてはいい気はしない。ただ、ここ最近の経験が数馬に我慢をさせていた。

留守居役は特殊な役目である。藩をこえたつきあいが占める割合が多いこともあり、独特の慣例が幅を利かせていた。大名としての格、禄高、官位に関係なく、留守居役は先任が上位と決められていた。これを先達《せんだつ》といい、先達が雪は黒いと言えば、全員が黒いと合わさなければならないのだ。理不尽きわまりないが、役目の決めごととなれば従わねばならない。拒めば、会合などに呼ばれなくなる。呼ばれなければ、そこでなにがあり、どのような話し合いがおこなわれ、結論がどうなったかがわからなくなる。

藩の外交を担う留守居役が、村八分になるわけにはいかない。情報が入らなければ、正しい対応はできなくなる。

留守居役はまず先達のどのような無理難題にも耐えるように訓練された。

数馬は、留守居役になったばかりである。留守居役のなかでもっとも新参、それこそ人扱いされない立場であった。宴席の間ずっと平伏し続けるとか、一夜寝ずに遊女と戯《たわむ》れている先達たちの用を待つなど、理不尽な思いをさんざんしてきたのだ。横山長次の無礼な態度ていどでは激発しなかった。

不快を数馬は呑《の》みこんだ。

「小沢は老中堀田備中守さまの留守居役じゃ。備中守さまは次の執政筆頭だ。御上がなにをなさろうとしているのか、それをもっとも最初に知られるお方ぞ。そして留守居役は、その情報をいち早く手に入れ、他藩との交渉を有利に進める。つまり、老中の留守居役を手中にすれば、御上の手の内を読むことができる」

「老中の留守居役を手のものにするなど、できうるはずもございませぬ」

ものを知らぬと数馬は嘆息した。

「金でも女でも用意すればいい。男はそのどちらか、あるいは両方が好きなものだ」

「そのていどで墜ちるような者が留守居役になれるはずはございませぬ」

言った横山長次を、数馬ははっきりと否定した。藩の命運を握ると言っていい留守居役である。たやすく買収される者がなれば、藩の密事はただ漏《も》れになってしまう。

当然、藩も警戒をしていた。

「小沢は、加賀の金を横領していたではないか」

横山玄位が口を挟《はさ》んだ。

「それが露見しそうになって加賀を逃げ出し、どうした伝手《つて》か堀田家に仕えた。小沢は金で飼えるはずじゃ」

「ほれ見ろ。玄位もそう言っている」

横山長次が勝ち誇った。

「……………」

数馬は黙った。小沢にかんしては、そのとおりであったからだ。

「わかったな。この二つをなしたとき、そなたは旗本に復帰できる」

「ご無礼を承知で伺いまするが、わたくしを旗本に戻すことを横山さまはお約束くださいますか」

じっと数馬は横山長次の顔を見つめた。

「……………」

横山長次が数馬を睨《にら》み返した。

「……………」

数馬は目をそらさなかった。

「おい、無礼だぞ」

横山玄位が数馬を抑えようとした。

「ご返答願いまする」

横山玄位を数馬は無視した。

「こやつっ……」

相手にされていないとわかった横山玄位が憤《いきどお》った。

「落ち着け、玄位」

大叔父がまだ若い本家を宥《なだ》めた。

「報賞《ほうしょう》が確定せねば、従えぬ。これは当然のことだ。このまま帰ったならば、儂は瀬能を信じぬ。肝心要《かんじんかなめ》を問わぬような輩は、使えぬか、裏切るかだ。よく覚えておけ。人は利で動く」

横山長次が述べた。

「……はい」

諫《いさ》められた横山玄位が引いた。

「瀬能、先ほども申したが、そのお方のお名前は言えぬ。ただ、そのお力は老中をしのぐ方だとだけ申しておこう」

「酒井雅楽頭さまでございますか」

「しつこい。言えぬと申した」

さらに問う数馬を、横山長次が拒んだ。

「それでは、いたしかねまする」

数馬は従えぬと首を左右に振った。

「……ほう」

横山長次がすっと目を細めた。

「ここまで聞いておきながら、断って無事に帰れると」

声を低くして横山長次が脅《おど》した。

「わたくしが横山玄位さまのお屋敷に来ていることは、藩も知っておりまする」

「書付を残しておりました」

数馬の言葉を横山玄位が裏付けた。

「それを見逃してきたのか、おぬしは」

横山長次が情けないといった顔をした。

「我が横山家の祖長知は、謀反《むほん》を疑われ、討伐の軍勢を送られる寸前だった加賀前田家を救うため、単身神君家康公のもとに出向き、言葉だけでことを始末した知将であった。その血を引いているおぬしが、そのような証拠を残すようなまねを許すとは……情けない」

横山長次が嘆いた。

「すみませぬ」

叱《しか》られた横山玄位がうなだれた。

「すんだことはいたしかたない。それを失敗とするかどうかは、後にかかっている。被害を最小に留める、あるいは災い転じて幸いとなす、それは次の一手次第」

横山玄位から数馬へ横山長次が顔を向けた。

「屋敷に来たことを知られていても、どうとでもできる。帰ったと言い張ればすむ。屋敷のなかで何があったかは、誰にも知られぬ」

横山長次が手を叩《たた》いた。

「はっ……」

応答がして、襖が開き、たすきがけの家臣が数名、太刀を手に姿を見せた。

「これでもまだ言いつのるか。愚かな留守居役」

横山長次が嘲笑《ちょうしょう》した。

「その侮蔑《ぶべつ》、そのままお返ししましょう」

数馬は平然と立ちあがった。

「なにっ」

怯《おび》えもしない数馬に、横山長次が驚いた。

「ここでたとえ討ち果たされようとも、一人では逝《い》きませぬ。二万七千石の家老と五千石のお旗本を道連れにできるのならば、千石の陪臣としてお釣りがでましょう」

数馬が太刀を抜いた。

両刀を取りあげられていないのが、数馬の自信に繋がっていた。横山玄位は家老であるが、加賀でいえば瀬能と同格の家臣でしかない。同格の屋敷では、両刀を預けないのが慣例である。たしかに横山長次は旗本で格上になるが、客間に通されるまで、居るとは知らされていなかったのだ。太刀はそのまま数馬の手にあった。

「ぶ、無礼者」

横山長次が叫んだ。

「ひっ」

白刃のきらめきに横山玄位が小さく悲鳴をあげた。

「殿」

急いで家臣たちが、横山長次の前に立ちはだかった。

「そちらのご家中か。ご家老さまの面倒までは見てくださらぬようでござるな」

数馬がかばってもらえなかった横山玄位を笑った。

「で、出会え」

横山玄位が大声を出して、家臣を呼んだ。

「待ってやるほどまぬけではございませぬ」

敵が増える前にと、数馬は横山玄位に近づいた。

「やらせるな」

さすがに放置はできないと横山長次が、玄位の保護を家臣へ命じた。

「はっ」

一人が太刀で数馬を牽制《けんせい》しようとした。

「腰が高いわ」

数馬は太刀を軽く振った。

「わ、わあ」

前に出ようとした家臣が、あわてて間合いを空けようとたたらを踏んだ。

「命のやり取りは初めてだな」

数馬は見抜いた。

「くっ」

家臣が顔をゆがめた。

「貴様はあるというか」

「調べあげたのでございましょう」

はっきりとは数馬は教えなかった。

「加賀から江戸へ来る途中でござろう。国元の追っ手が壊滅状態になったと聞きましてござる」

後ずさりながら、横山玄位が告げた。

「となれば、儂が相手をせねばならぬな。借りるぞ」

長押《なげし》に掛けられていた槍《やり》を横山長次が取った。

慶長二年（一五九七）生まれの横山長次は、さすがに関ヶ原の合戦は知らないが、大坂の陣には参戦していた。もっとも、家康の旗本衆としてで、実際の戦闘は夏の陣の終わり、真田信繁《さなだのぶしげ》率いる一軍が本陣を襲ったおりの一度しか経験していないが、それでも生き死にの境を知っている。槍の冷たい穂先や白刃の放つ殺気に怖《お》じ気《け》づきはしなかった。

「よろしいのか、ここで拙者《せっしゃ》を討って」

「すでに帰ったで押し通す。加賀とはいえ、旗本の儂にはなにもできぬ」

槍をしごきながら、横山長次が言った。

「ご貴殿にはなにもできずとも、家老の横山家は無事ですみますまい。殿は厳しいお方でござる」

「……それは」

横山玄位が顔色を変えた。

「落ち着け。横山は加賀で重要な家だ。藩主といえども遠慮せねばならぬ」

横山長次が宥《なだ》めた。

「そ、そうでござった。横山は主家に貸しがござる」

横山玄位が口にした。

「関ヶ原の前のことをいまだに貸しだと考えているならば、おめでたいとしか言えませぬな」

太刀を下段に変えながら、数馬は話した。

「貸しであろう。横山長知の活躍で前田は助かったのだ」

横山長次が言い返した。

「家臣が主家を守るのは当然でござろう。主家が潰れれば、家臣は浪人する。禄を失いたくなければ、奔走《ほんそう》して当たり前」

ゆっくりと数馬は腰を落とした。

「それに、その功績は十分に報いられていると思いまするが。二万七千石といえば、大名並みの石高。それだけのものを加賀は横山家に渡した。ご恩と奉公でいけば、もう貸しはない」

「黙れ」

横山玄位が数馬を怒鳴りつけた。

「なによりあの殿が、それほど甘いはずはない」

数馬は追撃を加えた。

「ぐうう」

綱紀のことをよく知る横山玄位が、詰まった。

「飲みこまれるな」

言い負けそうになっている横山玄位を叱咤《しった》しながら、横山長次が槍を突き出した。

「むん」

喋《しゃべ》りながらも数馬は油断していなかった。繰り出された槍を太刀で受け流した。

「なんの」

流れた穂先を横山長次が止めた。

「お見事と褒《ほ》めておきたいところでございますが……」

槍は突きだしたら、手元に戻さなければ次が撃てない。横に薙《な》げば突きだしたままでも攻撃できるが、狭い室内で長い得物を振り回しては同士討ちになる。

横山長次が槍を引いた判断を数馬は妥当なものと認めながらも、悪手だと匂わせた。手元に帰すぶん、一拍の間を喰《く》うからであった。

「他人事《ひとごと》ではないぞ」

主君と数馬の戦いを呆然《ぼうぜん》と見ていた家臣へ、数馬は太刀を振るった。

「……えっ」

己に刃《やいば》が向けられるとは思ってもいなかったのだろう、家臣はなんの抵抗もしなかった。

「しゃっ」

小さく太刀を上下させ、数馬は家臣の右手を薄く切った。

「ぎゃああ」

手の甲を傷つけられた家臣が絶叫した。

「太次郎《たじろう》」

横山長次が家臣の名を呼んだ。

「き、斬られた……」

太次郎と言われた家臣が太刀を落として、怪我した右手を押さえた。

「きさま……」

きっと横山長次が数馬を睨みつけた。

「太刀を抜いて突きつけた以上、斬られる覚悟もお有りでございましょう。ないとしたら、勝手な思いこみ。いや、武家としての資質を疑いまする」

数馬は言い放った。

「許さぬ」

横山長次が、ふたたび槍を構えた。

三

横山玄位の屋敷前で身を潜《ひそ》めている石動は、近づいてくる人の気配を感じた。

「どこにおる」

近づいた人が足を止めて、周囲を見渡した。

「林《はやし》どの」

石動が、声をかけた。

やってきたのは、本多政長の家臣で勘定方《かんじょうかた》を長く務めている世慣れた家臣の林彦之進《ひこのしん》であった。林は初めて加賀から出る数馬の旅を心配した本多政長によって江戸まで同行してきた。本多家の家臣である林は、加賀藩上屋敷に入るわけにはいかず、本多政長の江戸屋敷に滞在していたため、ここでの合流となった。

「そこだったか」

林が石動を見つけた。

「貴殿がお出《い》で下さったか」

「ああ。佐奈どのより報せがあった」

問われた林が首肯した。

「申しわけございませぬ」

主数馬のために手間をかけさせたことを石動が詫びた。

「まったくじゃ。儂も暇ではないのだが……」

苦い顔をしながら林が続けた。

「放置もできぬ。知っておりながら、なにもしなかったとなれば、儂は姫さまに殺されるわ」

林が嘆息した。

「さて、行こうか。門が閉まっておる。開いているならば、待っていてもよかろうが、閉めているとなれば、話は別だ。なかで都合の悪いまねをすると言っているのも同然だからな」

「大事ございませんでしょうか」

石動が不安そうな顔をした。

「いきなり襲いかかることはなかろうよ。瀬能さまが、最初から相手を挑発していなければ大丈夫であろう。屋敷の雰囲気も慌《あわ》ただしくない。もし、瀬能さまを害したとあれば、その後始末で、どうしても浮つく」

「林どの」

主君の死を口にした林を、石動が咎《とが》めた。

「いや、すまぬな」

軽く頭を下げた林が、横山家の門へと近づいた。

「御免《ごめん》くだされ」

林が大門の隣につけられている潜り門《くぐりもん》を叩いた。

「誰じゃ」

潜り門に設けられている小窓が開いて、なかから応答があった。

「瀬能数馬さまのお迎えでござる。拙者《せっしゃ》は本多政長家の家人林彦之進でござる」

「本多さまの……」

筆頭宿老の名前は大きい。門番の声がうわずった。

「早くご主君へ報せたほうが良いと思うぞ。瀬能さまがここにおられることを、我が主のもとへ報せたゆえな」

「しばし、お待ちを」

林の言葉に、門番が慌てた。

「よろしいのでございますか」

本多政長の名前を使ったことを石動が気にした。

「いかに本多の殿とはいえ、江戸での話まで聞こえぬ」

林が平然と言い放った。

「…………」

石動が絶句した。

「それに主は要りようと認めれば、名前を使うくらい気にもされぬよ」

堂々と林が述べた。

「ご主君を信じておられるのでございますな」

「でなくば、仕えてなどおれぬよ。本多家は人遣いが荒いでな」

林が苦笑した。

「さて、どう出る。横山の若殿は、本多と戦うだけの気をお持ちかの」

きっと林が表情を引き締めた。


槍は室内での戦いに向いていなかった。とくに周囲に味方がいるときは、思いきって振り回せない。槍の技である薙《な》ぎや、石突《いしづ》きを利用するための回しなども、同士討ちの恐れがあるため使用できないとなると、突きだけになる。

「しゃああ」

横山長次が鋭い突きを送った。

「…………」

数馬は槍の穂先の動きを読んで小さな動きでかわしていた。

まっすぐな突き技だけならば、それがどれほど疾《はや》いものでも容易に避けられた。

「くそっ。ちょこまかと」

横山長次が顔を真っ赤にして怒った。

「黙ってあたって差し上げる義理はござらぬ」

続けてきた穂先を数馬は太刀ではたき落とした。

「おうわっ」

槍先を打たれて、横山長次が体勢を崩した。

間合いが遠いというのが槍の利点である。言いかたは悪いが、相手の手の届かないところから攻撃ができる。その代償として、突きだしたとき、穂先に重心が移って下がるという欠点があった。

「槍は頭を狙え」

戦場でこう先達が若い者に口酸っぱく言うのは、その下がるぶんを計算に入れろと教えているのである。兜《かぶと》を被《かぶ》っている頭を突いたところで、致命傷は与えられないが、重さで穂先が下がり、ちょうど敵の喉《のど》に向かうのだ。

槍は剣と違い、先に重心がある。そこを下に向けて叩かれた。横山長次が槍を落とすまいとして、前のめりになった。

「…………」

すっと滑るように槍の間合いに踏みこんだ数馬は、その柄を太刀で切り飛ばした。

「あっ……」

穂先から二尺（約六十センチメートル）ほどを失った槍を、横山長次が呆然と見た。

「まだやりまするか」

数馬は切っ先を横山長次に向けた。

「きさま、旗本を害してただですむと思うのか。主家も無事ではすまぬぞ」

手に残った槍の残骸を捨てながら、横山長次が述べた。

「無事ですみましょう」

数馬は平然と返した。

「なんだと」

ゆらぎさえしない数馬の態度に、横山長次が驚愕《きょうがく》した。

「陪臣に殺されたとなれば、寄合旗本の横山家はどうなりましょう」

「……むう」

数馬の言葉に横山長次の顔色が変わった。

「旗本は武門の頂点でなければなりませぬ。しかも寄合旗本は三千石をこえる名門。

その名門旗本が陪臣風情に敗れて首獲《と》られた。それは恥でございますな」

横山長次に切っ先を向けたまま、数馬は続けた。

「表沙汰《おもてざた》になれば、わたくしは切腹、殿も謹慎くらいはなさることになりましょうが、寄合旗本の横山家は取り潰し、もちろんこの場所を用意した加賀藩江戸家老横山家もなくなりましょう」

「な、なにをいうか。余はかかわりない」

横山玄位が否定した。

「それを通して下さいますか、殿が。わたくしを誘い出したのが、ご家老さまだとご存じなのでござる。もし、殿になにかの咎めがくれば……そのお怒りはご家老一人に向けられまする。なにせ、そのときは、すでにわたくしは腹切っておりましょうから」

淡々と数馬は語った。

「大叔父……」

泣きそうな顔を横山玄位がした。

「こやつ、最初からそれをわかっていながら」

横山長次がこめかみに筋を浮かべた。

「話し合いだけでおわかりいただけましたか」

旗本と江戸家老の二人に命じられたら、従うだろうと端《はな》から思いこんでいたのだ。説得など受けつけなかっただろうと数馬は言い返した。

「さて、このまま帰していただきましょう」

「無事に帰れるとでも思っているのか」

切っ先を向けられていながら、声が震えていない。さすがに戦場往来の経験はすさまじいものであった。

「大叔父、家を潰すわけには参りませぬぞ」

横山玄位が口を挟んだ。

「わかっておる。屋敷からは生きてだす。だが、その後のことを儂は言っている」

若い本家を説得しつつ、横山長次は数馬を脅した。闇討ちすると暗にほのめかした。

「いつ、どこで襲われるかわからぬのだぞ。かといって留守居役が屋敷から出ぬというわけにはいかない。外に出るたび気を張ってはおられまい」

「どうぞ」

あっさりと数馬は応じた。

「……きさま」

横山長次が一層《いっそう》怒気を強くした。

「それだけ長い間、刺客を雇い続けられるものならば」

数馬を討てるほどの刺客は高い。それを長期間拘束するとなれば、かなりの金が要った。

「玄位」

「無理を言われますな。当家に余裕はござらぬ」

金を出せと言った大叔父に横山玄位が強く首を左右に振った。

「……やはりここで殺しておくべきだな」

横山長次が目つきを変えた。

「死体は屋敷の床下に埋めてしまえばいい。あとは経緯をあのお方にお知らせしておけば、どうにでもしてくださろう」

「後始末を丸投げとは……」

死体は横山玄位に、揉《も》め事《ごと》は黒幕にと都合のいい話をしだした横山長次に、数馬はあきれた。

「一斉《いっせい》にかかれ。玄位、そなたの家臣も呼べ。大事ない。あのお方はかならずやお守りくださる」

「……出会え」

力強い横山長次の保証に、横山玄位が、声を張りあげた。

「殿」

外の廊下側につながる襖が開いた。

「おう、須藤《すどう》か。皆を呼べ。こやつを……」

顔を出した家臣に横山玄位が命を下そうとした。

「本多政長さまのお使者が」

主君の言葉を須藤が遮《さえぎ》った。礼を失したどころの話ではないが、それをこえる事態であった。

「……本多どのの」

横山玄位は家臣の無礼を咎めることもできなくなっていた。

「やっとか」

聞いた数馬は安堵《あんど》の息を吐いた。

「……おのれ」

数馬の呟きを耳にした横山長次が殺気の籠《こ》もった声を出した。

「ご家老さまのお許しを得て、手紙を出しておいただけでござる」

数馬はいなした。

「玄位……そなたは……」

横山長次が悔《くや》しさに震えた。

「本多さまに知られているとなると……あの本多家を敵に回すわけには」

須藤が横山玄位へ助言をした。

「……わかった」

絞り出すように横山玄位が認めた。

「帰れ」

手を振った横山玄位を横山長次が咎めた。

「玄位」

「このまま帰せば、こいつは主に報告するぞ」

「…………」

綱紀に今回のことを知られる。横山玄位の顔がゆがんだ。

「ご家老は、なにもしておられぬ」

数馬が口を開いた。

「えっ……」

横山玄位が唖然《あぜん》とした。

「なにを言う」

横山長次が警戒した。

「ご家老は、わたくしを屋敷に呼んだだけ。家臣に刃を向けさせてもいないし、なにかを命じてもおられぬ」

座敷に入ってからずっと喋っていたのは横山長次であった。

「わたくしはご家老になんの意趣《いしゅ》も遺恨もござらぬ。ご家老もわたくしに……」

「ない。ないぞ」

数馬の意図を理解した横山玄位が叫ぶようにして応じた。

「玄位、きさまなにを」

年若い一門に裏切られた横山長次が取り乱した。

「すべては大叔父のしたことで、余はかかわりない」

横山玄位が宣言した。

「わたくしもそのように殿へ申しあげましょう」

「頼んだぞ、瀬能」

横山玄位が喜んだ。

「では、これで」

「ま、待て。あやつを逃がすな」

出て行きかけた数馬を横山長次が指さし、連れてきていた家臣に命じた。

「……はっ」

同僚一人が傷を負わされたとはいえ、主君の命は無視できない。残っていた二人の家臣が、数馬へ迫ろうとした。

「皆の者、抑えよ」

須藤が合図を出した。

「おう」

「承知いたした」

襖が大きく開かれ、横山玄位の家臣たちがなだれこんできた。

「動くな」

槍が横山長次の家臣へと突きつけられた。

「殿……」

横山長次の家臣たちが、泣きそうな顔で主を見た。

「なにをするか。無礼であるぞ。余を誰だと思っている。横山家の祖ともいうべき長知公の息子であるぞ」

横山長次が須藤を叱りつけた。

「家を潰そうとなさるようなお方にはらう敬意はございませぬ」

須藤が冷たく反論した。

「玄位」

「……………」

今までおとなしく指示に従ってきた横山玄位へ声をかけた横山長次に、返ってきたのは沈黙であった。

「きさま。一門の長老に……」

「申しわけないが、内々のことは後でお願いしたい。では、ご家老、お邪魔をいたしました」

割って入った数馬は、横山玄位にだけ挨拶をした。

「ご苦労であった。殿へよしなにな」

横山玄位が機嫌を取った。

「覚えておれ、このままではすまさぬぞ」

出ていく数馬の背中に、横山長次が呪詛《じゅそ》を吐《は》いた。

四

数馬の後で、横山家の門が音を立てて閉まった。

武家の屋敷の門は、当主あるいはそれに準ずる者、主家などの往来以外で開かれない。

「たいそうなご出馬でございますな」

門脇で待っていた林があきれた。

「わざと大門を開けて送り出したのは、潜り門を通らせるという無礼よりも、頭と腰を屈《かが》める隙《すき》だらけの姿勢を取らせることで、謀殺しようとしていると思われないようにとのことだろう。なかなか横山玄位どののところには、気遣いのできる家臣がいるようだ」

数馬は苦笑した。

「殿」

「庫之介《くらのすけ》か。出迎えご苦労だ」

家士を数馬はねぎらった。

「林どの、無理をお願いいたした」

歩き出しながら、数馬は詫びた。

「よろしゅうございまする。今回はやむをえない状況だと思いますゆえ」

林がしかたないことだと述べた。

「で、どのようなお話でございましたか。包み隠さずお教え願いましょう。我が殿と姫さまに報告いたさねばなりませぬ」

「……琴どのにもか」

許嫁《いいなずけ》の名前に、数馬が苦い顔をした。

「瀬能さまのことは、すべて報せよとの御諚《ごじょう》でございまする。隠して露見したほうが怖いものでございまする。女というものは。これは姫さまだけではございませぬ。不変の真理というやつでござる」

林が説得した。

「……わかった」

美形ほど怒ると怖い。数馬も琴に叱られた経験を持っていた。

「順を追って話すと……」

数馬が経緯を語った。

「……間抜けにもほどがある。よくそれで江戸家老筆頭と言えたものでござる」

遠慮ない罵倒《ばとう》を林が口にした。

「おかげで助かったのだ。あまり責めてやるな」

数馬が横山玄位をかばった。

「それにもまして、旗本とは愚かなものでございますな」

林があきれた。

「加賀への複雑な思いもあるのだろう。とはいえ、やり方は稚拙《ちせつ》だったな」

数馬も横山長次には嘆息しかできなかった。

「旗本を、それも五千石という高禄を動かせるお方とはどなたでしょう」

「老中以上と考えるべきだろう」

問う林に、数馬は答えた。

「加賀へ手出しをなさりたいお方は、多うございますな」

「百万石だからな。徳川と対峙《たいじ》できる唯一の家だ」

「潰してしまえばとお考えにはなられぬのでしょうや。いくらでも口実はございましょう。熊本の加藤、広島の福島を潰したのは、あからさまな策でございました」

石動が口を挟んできた。

熊本の加藤とは清正《きよまさ》の孫光広《みつひろ》のことだ。光広は幕府討伐の挙兵状を受け取っていながら、これを報告しなかったという罪で改易となった。もっともこれは光広が祖父清正の代から仕えているうるさい老臣を脅かすために作った偽物であり、冗談でしかなかった。いわば遊びだった。それを幕府は見逃さなかった。

福島はもっと酷《ひど》い。水害で壊れた広島城の修繕《しゅうぜん》願いを出した福島に対し、本多佐渡《さど》守正信《かみまさのぶ》が、そのていどのことなれば届け出ずとも問題ないと返答をした。家康の謀臣であり幼なじみである本多佐渡守の許しを得た福島は城郭の修繕を始める。そこで無届けの城改修は改易だと幕府が咎めたのであった。当然福島正則は抗議したが、端から罠《わな》だったのだ。文句はとおることなく、福島は潰れた。

言いがかりにもほどがあるだろうというものだが、天下人にはそれが許された。つまり、加賀を潰すのに、わざわざ千石のもと旗本を勧誘せずともよいのではないかと石動は問うたのであった。

「たしかに……」

「ふうむ」

数馬も林も悩んだ。

「ただ罠には違いない」

「でございましょうなあ。でなければ、瀬能さまを連れ出した意味がない。罠でしょうが、あまりにも底が浅い。いくらでも対応できるような雑なもの」

林が横山長次たちの行動を切って捨てた。

「あのていどのことしかできぬようならば、本多で門番も務まりませぬわ」

「…………」

言う林に、数馬は嫌な顔をした。その本多の一門に囚《とら》えられているのに近いのだ。あっさりと罠に、食い破ったとはいえ、はまった数馬なのだ。許嫁と将来の義父がどう評するかと思えば、頬《ほお》がひきつった。

「……これは、失礼を」

苦渋に満ちた表情になった数馬に気づいた林が詫びた。

「いや……」

数馬は手を振って気にするなと伝えた。

「では、ここで」

上屋敷の門前で林が別れを告げた。

「せめて夕餉《ゆうげ》でも」

駄賃《だちん》代わりと数馬は誘った。

「次の機会とさせていただきましょう。瀬能さまは夕餉を摂《と》る余裕さえなくなりましょうから」

林が断った。

「……報告か」

「お気づきになられたようで、よろしゅうございました。このままご自身の長屋に戻られては、加賀の殿さまのご疑念を招くことになりかねぬところでございました」

ほっと林が息を吐いた。

「失格するところだったな」

「はい」

確認した数馬に、林が首肯した。

「本多の婿《むこ》には足りぬと手紙を出さねばならぬかと心配いたしました」

「…………」

安堵の顔を見せた林に、数馬はなんともいえない表情をした。金沢から江戸までの旅につけられたのが林彦之進であった。旅慣れていない数馬の手助けというのは名目で、そのじつ、林彦之進は数馬を見定めるために本多政長が出した鑑定人でもあった。

「では」

「ああ。助かった」

今度は数馬も引き留めなかった。

「喰《く》えぬ御仁《ごじん》でございますな」

「まるきりの敵でもないのがな」

数馬は頰《ほお》をゆがめたままであった。

夕餉を断ることで、林は数馬に気づかせたのだ。あのまま同行して数馬の長屋まで来て、失格の判断をくだすこともできた。林はそれをしなかった。

「猶予《ゆうよ》はこれっきりだな」

「…………」

呟いた数馬に、石動は沈黙した。

「先に戻っていてくれ」

石動を長屋に帰した数馬は、用人をつうじて綱紀への目通りを願った。

「戻ったか」

すぐに数馬は綱紀の目前へと案内された。

「はっ」

「申せ」

平伏した数馬に綱紀が命じた。

「……ということでございまする」

二度目となるだけに、数馬の報告はよどみなく終わった。

「どう思う、村井」

綱紀が同席していた次席江戸家老に問うた。

「横山長次の後にいる者が誰かということでございましょうや」

「そうだ」

確かめた村井に、綱紀がうなずいた。

「候補としては酒井雅楽頭、お世継ぎさま、老中の誰か、そして甲府家でございましょう」

村井が答えた。

「老中の誰かではない。堀田備中守であろう」

「堀田さまでございますか。堀田さまならば小沢を籠絡《ろうらく》せずともよろしゅうございましょう」

家臣をわざわざ罠にはめる意味はないのではと村井が疑問を呈した。

「隠《かく》れ蓑《みの》ということもある」

「なるほど。わざと堀田家に謀略をかけることで、目くらましをかけると」

村井が手を打った。

「瀬能、そなた小沢と話をして、どうであった」

「うまくは申せませぬが、あまり馴染《なじ》んでいないような……」

数馬は表現に苦労した。

「借りてきた猫か」

「さようでございまする」

綱紀の言葉に、数馬は同意した。

「当然じゃな。藩の金を横領して逃げ出すような輩を信用するはずはない。小沢は加賀に対する手札だ」

「では、今回も小沢に加賀の目を集めさせるためだと」

横山長次が小沢を落とせと言った意味を村井が問うた。

「もし堀田備中守が後にいるならば、そうだな」

綱紀が認めた。

「酒井雅楽頭さまは外してはいかがでございましょう。すでに御用部屋にも出座しておられぬようでございますし、今さら失脚したあのお方に従う者などおりますまい」

村井が述べた。

「……そう思いたいが、あやつがそのていどで退くとは思えぬ」

眉《まゆ》をひそめながら綱紀が言った。

「お世継ぎさまはいかがでございましょう」

さらに村井が訊いた。

「このままでいけば堀田備中守の傀儡《かいらい》だからな。それを避けようとして動いたとも思えるが、世継ぎにはなんの権もないし、横山長次が会えたとも思えぬ。世継ぎへの目通りは、堀田備中守のもとでおこなわれようからな」

せっかくの手柄である。堀田備中守が、綱吉を手中に収めておきたがるのは当たり前であった。余人と会わせて、要らぬことを綱吉に吹きこまれてはたまらない。

「加賀忍のこともある」

一応秘されたとはいえ、綱吉が襲われたことは城中で知らぬ者がいない。

「一人捕まえてこいとはなにが目的でございましょうや」

「口を割らせたいのだろう。加賀忍がお世継ぎさまを襲いましたとな」

「そのようなことはございませぬのに」

村井があきれた。

「世継ぎを襲ったとなれば、加賀は潰せるであろう」

綱紀が答えた。

「殿、一つお伺いしたく」

数馬が顔をあげた。

「なんじゃ」

「加賀を潰すのに、なぜ手順が要りますので」

林との会話で起こった疑問を数馬は綱紀に尋ねた。

「由井正雪《ゆいしょうせつ》の乱よ。あれは外様大名を潰しすぎたことで発生した大量の浪人が原因だ。もし、理由もなく加賀を潰してみろ。藩士七千人とその家臣あわせて三万からの浪人が生まれる。潰されてもしかたないとあきらめるだけの理がなければ、これらの不満は幕府へ向かう。それこそ、金沢城の受け取りに来た上使相手に籠城《ろうじょう》一戦となりかねぬ。もし、そうなったら、天下は騒然となるぞ。浪人たちは金沢へ集まり、幕府相手に決戦できる。それにな、今度は加藤や福島のころのように、薩摩も伊達《だて》も傍観せぬだろう。なにせ、おとなしく幕府に従っても外様は潰されるだけとわかるのだからな」

　綱紀は続けた。

「なにより旗本が弱くなった。天草《あまくさ》の乱を見よ。百姓一揆が大きくなっただけだぞ、あれは。それを鎮圧するのに、四ヵ月以上かかっている。そのうえ、総大将だった板《いた》倉重昌《くらしげまさ》まで討ち死にしているのだ。金沢で籠城戦をしてみろ。幕府は勝てるか。勝てるだろうが、何年かかるかの」

「……………」

　金沢城下での戦いを想像した数馬は声を失った。父母が、妹が、そして琴が死ぬかも知れないのだ。

「わかったようだな」

　蒼白《そうはく》となった数馬に綱紀が目をやった。

「そうならぬように、留守居役はある。励め、瀬能」

「はっ」

　声をかけられた数馬は平伏した。

「これ以上は、そなたの知るところではない。下がれ」

　綱紀が手を振った。

第三章　留守居《るすい》攻防

一

ときの寵臣《ちょうしん》には、格別な居場所が与えられる。いつでも将軍のお召しに応じられるよう、もっとも江戸城に近いところ、大手門前である。

江戸城の大手門を出たところには、広大で華美な屋敷が建てられていた。ここは、ときの寵臣の居場所であった。将軍が代われば、寵臣もその権を失い、この場から移らなければならない。

その大手門前屋敷の主《あるじ》は、まだ酒井雅楽頭《うたのかみ》忠清であった。

「夜分に畏《おそ》れ入りまする」

日が暮れてから、密かに酒井雅楽頭の上屋敷を訪れたのは、横山長次であった。

「よい。もう余《よ》は執政ではないも同然じゃ。御用部屋に席はあるが、居場所はない。余に執政の仕事は与えられぬゆえ、することもなく屋敷で暇をもてあましておる。一応、病気療養の届けは出してあるがの。でなくば、鬼の首を取ったように騒ぐ連中もおるゆえな」

恐縮する横山長次に酒井雅楽頭が手を振った。

「さて、どうであった」

酒井雅楽頭が用件に入った。

「あのもと旗本を引きこむことにはしくじりましてございまする」

申しわけなさそうに横山長次が身を縮めた。

「そうか。まあ、そう簡単に江戸家老に誘われるくらいならば、留守居役《るすいやく》などやってられまい。留守居役は、役人や他藩に誘いをかけるのが仕事だが、それは同時に他藩から声をかけられることでもある。金、女を提供されて墜ちるような奴では、困るでな」

酒井雅楽頭が述べた。

「手は打ったであろうな」

「はい。堀田備中《びっちゅうのかみ》守家の留守居役を落とせと」

「うむ」

満足そうに酒井雅楽頭が首肯《しゆこう》した。

「堀田備中守の留守居役はもと加賀《かが》の留守居役であったと聞く。その名前は、加賀にとって指に刺さった棘《とげ》であろうな。その名前を出されただけで、心穏やかではおれまい。そちらへ注意を向けさせられれば……加賀の耳目はふさがる。そしてその対応をさせられる堀田備中守の留守居役も手一杯となり、他への気遣《きづか》いが薄くなる」

「ご大老さま、一つお教えいただけましょうや」

語る酒井雅楽頭へ、横山長次がおずおずと口を挟んだ。

「わからぬか。なぜもと加賀藩の留守居役の名前を出したか」

「恥ずかしいことでございますが」

見られた横山長次がうつむいた。

「気にするな。そうそう見抜かれるようでは、余の立つ瀬がないわ」

酒井雅楽頭が手を小さく振った。

「堀田備中守が、次の執政筆頭だ。悔《くや》しいがな」

すでに酒井雅楽頭は、己《おのれ》が権の座から滑り落ちたことも、次の権力者が誰なのかも納得していた。

「今はどこの大名も役人も堀田家を注視しておる」

「…………」

無言で横山長次がうなずいた。

「さて、今回おぬしがもと加賀の留守居役の名前を出した。加賀としては、どう対応するか。藩の金を盗んで逃げた留守居役じゃ。噂《うわさ》によると家は潰《つぶ》され、家族は加賀で蟄居《ちっきょ》させられているらしい。盗人猛々《ぬすっとたけだけ》しいというように、もと加賀の留守居役にしてみれば、前田家は憎い相手じゃ。己を追い出しただけでなく、家族を咎人《とがにん》として捕まえたのだからな」

「己が罪を犯しておきながら……」

横山長次があきれた。

「それが人というものだ。己の不幸を他人のせいにする。そうすれば楽である。いや、そうすることで己の心を偽《いつわ》っているのだ。原因は己にあるという現実から目をそらす。そうしないと罪の意識で潰れてしまう。これが人だ」

酒井雅楽頭が悟りのようなことを話した。

「まあ、逃げ出したような小者の内心などどうでもよい。ただ、加賀を恨《うら》んだそいつが、老中の権を持ってしまった。さて、どうなる」

「復讐《ふくしゅう》でございますか」

「そうだ。露骨なまねはさすがにできまいが、なにかしらのしっぺ返しをするだろう。小者ほど復讐に価値を見いだすからな。相手よりも上に立っていると見せつけることで、己の罪の意識をごまかそうとする。当然、それくらいのこと、加賀も気づいておろう。加賀の当主の綱紀《つなのり》は、馬鹿ではない」

酒井雅楽頭は、先日五代将軍への推戴《すいたい》を断りに来た綱紀を思い出していた。

「若いがなかなかに肚《はら》もある。下馬《げば》将軍と言われた余を前に怖《お》じけさえせなんだ。五年前にこれほどの男だと知っていたら、娘を押しつけて取りこんでいたと思わせるほどにな」

「そこまで……」

大老でなくとも酒井家の格は高い。なにせ徳川家と酒井家は、ともにその祖を世良《せら》田次郎三郎《だじろうさぶろう》としている。しかも、酒井家が世良田次郎三郎の長男の血筋であり、徳川はその弟になる。乱世で地位は逆転したが、徳川にとって酒井は格別な家柄であった。

「そんな綱紀のことだから、おそらく逃げ出した家臣から目を離してはおるまい。そこへ、おぬしの話だ。さぞや加賀は緊張したであろうな。もと留守居役をどのように使われるのかとな」

小さく酒井雅楽頭が口の端をつりあげた。

「攻め手として使われる。となれば、今までのように見張っているだけでは後手に回ろう。戦いで勝つ最善の手は、相手がどうくるかを知り、それへの対応を十全におこなうことだ」

「加賀が動くと」

「ああ。必ず綱紀は、もと留守居役がなにを企《たくら》んでいるかを知ろうとする。そのためには、もと留守居役がどのような情報を握っているか、堀田備中守がなにをどうするかを探るのが最良。加賀は総出で、他の留守居役から話を聞こうとするはずだ」

「堀田備中守の留守居役に迫ると」

「それももと加賀の留守居役以外全部にな。まさになりふり構わずな」

酒井雅楽頭が述べた。

「その加賀の動きを、他藩が見逃すと思うか」

「いいえ。留守居役どもはすぐに気づきましょう。そうでなければ、藩の外交などまかせられませぬ」

横山長次が答えた。

「百万石の加賀が、将軍継嗣《けいし》で目を付けられた前田が、筆頭執政堀田備中守の留守居役全部に大攻勢をかけている。とわかったならば、他藩の留守居役はその裏を探ろうとする。なにせ加賀が必死なのだ。それこそ一万石の小藩から、五十万石をこえる大藩まで、留守居役が走り回ろう」

おもしろそうに酒井雅楽頭が語った。

「皆の目が加賀に集まったところで、綱吉を加賀が襲ったという噂を流せば……」

「加賀忍が綱吉さまを襲ったという噂だけでは信用しなかった者も、加賀の動きと合わせて考えれば……」

横山長次が息を呑《の》んだ。

「真実《まこと》になる」

酒井雅楽頭が告げた。

「次の将軍が就任前に襲われるなど外聞が悪い。今はなんとか堀田備中守に遠慮して噂で終わっているが、ほどなく甲府徳川綱豊が大ごとにしてくれるだろう。となれば、穏便にことをすませ、さっさと綱吉に将軍宣下《せんげ》をとはいかなくなる。けじめをつけねばならぬ」

「堀田備中守さまが、加賀を咎《とが》める」

横山長次が確認した。

「少なくとも呼び出しをかけるだろう。そして、二人が会ったということが、さらに噂を本物にする。加賀以外のすべてが、将軍殺しを前田が企んだと思いこめば……加賀は孤立する」

「孤立無援となれば、百万石といえども……」

「簡単に潰せる、そう綱吉は思いこむだろう。綱吉にしてみれば、吾《わ》が座を脅《おびや》かした敵だ」

「綱吉さまは動きましょうや」

「動く。本来、綱吉は将軍になるには弱い。正統でいえば、甲府の綱豊になる。それを堀田備中守の無理押しで世継ぎになれたのだ。不安なはずだ。綱吉は勉学好きだという。頭が悪ければ、将軍になれたことを単に喜ぶだけですむところを、なまじ学があり、深く考える。そして気づくのだ。己の立場の弱さにな。いつ将軍の座から偽者めと引きずり下ろされるか、その恐怖に綱吉は耐えられまい。そして、恐怖に打ち勝つには……」

懸念を表した横山長次に、酒井雅楽頭が問いかけた。

「恐怖のもとを排除する……」

「そうだ」

酒井雅楽頭が大きく首を縦に振った。

「綱吉は、将軍就任を待って、加賀に襲いかかるだろう。そして加賀は抵抗する。加賀もまた徳川の血筋であるし、なにより百万石という面目と家臣を守らねばならぬ」

「将軍に抗《あらが》えましょうや」

横山長次が首をかしげた。

「やりようはいくらでもある」

酒井雅楽頭が一度言葉を切った。

「殺すのも一手だ」

「ひっ……」

淡々と将軍の命を奪うと言う酒井雅楽頭に、横山長次が息を呑んだ。

「まあ、これは悪手だな。さすがに将軍を殺されては、幕府も黙ってはおれぬからの」

「他にはどのような……」

「いくつもあろう。そうよな、甲府の綱豊を旗印にして、謀反《むほん》を起こすのもあるな」

「甲府さまが、のられましょうや」

「勝利の報賞《ほうしょう》は、将軍の座ぞ。徳川の一門に生まれた者が欲して止《や》まないものだ。今、奪っておかねば、二度と手に入らぬのだ。綱吉には男子がある。四代将軍家綱さまにはお世継ぎがなかったからこそ、傍流《ぼうりゅう》に機が与えられた」

酒井雅楽頭が少しだけ辛《つら》そうな顔をした。

「……次、いつその機が来るかわからぬのだ。少なくとも、甲府が生きている間には来ぬ。綱吉の子が生きているかぎりな」

「…………」

大きく音を立てて、横山長次が唾《つば》を呑んだ。

「もし、甲府さまが謀反を起こされたとして、勝ち目は……」

「ある。少なくとも旗本は戸惑うだろう。今、旗本と御家人合わせて三万ほどおる。これにその家臣を合わせれば、七万ほどになろう。七万のうちどれだけ綱吉につくか。半分つくまいな。なにせ綱吉を推したのは堀田備中守だ。譜代とはいえ歴史もない。なにより備中の親加賀守正盛《かがのかみまさもり》が千石から十一万石という類のない出世をし、妬《ねた》まれている。その加賀守の息子備中守が後見の綱吉を将軍と認めるをよしとしない者は多い。甲府に与《くみ》するまではいかなくとも、日和見《ひよりみ》する者がでる。譜代大名も同じ」

「勝つほうにつくと」

「それが武士の習いであろう。負ける側にいて、家を潰してはなんにもならぬ。当初傍観、後に有利なほうにつく」

冷静に酒井雅楽頭が予想した。

「水戸さまは……」

江戸にもっとも近い御三家の名前を横山長次が出した。

「水戸を含め、御三家は動かぬだろう。うまくこの状況を利用して、共倒れを狙うはずよ。甲府と綱吉が死ねば、将軍の座は御三家から出ることになる」

「むうう」

横山長次がうめいた。

「対して、甲府と加賀の兵に、ためらいはない。負ければ滅ぼされるのだからな。勝負はどう転ぶかわからぬ」

「酒井さまは、どちらにおつきに」

「どちらにもつかぬ。いや、つけぬ」

「つけない……」

答えに横山長次が困惑した。

「そのとき儂《わし》はもうこの世におらぬ」

「家綱さまのもとで騒ぎを楽しむと決めておる」

酒井雅楽頭が告げた。

「では、わたくしと横山玄位《はるたか》へのお約束は……」

横山長次の顔色がさっと変わった。

「安心いたせ」

そんな横山長次を冷たい目で見ながら、酒井雅楽頭が懐《ふところ》から書付《かきつけ》を二枚出した。

「これは……」

紙切れの登場に、横山長次が戸惑った。

「頭が高い」

酒井雅楽頭が厳しい声を出した。

「上様のご状であるぞ」

「はっ……ははあ」

あわてて横山長次が一間（約一・八メートル）後へ下がり、平伏した。

「横山長次、長年の忠義に報い、五千石を加増する」

一枚目を酒井雅楽頭が読みあげた。

「えっ……」

「前田家臣横山玄位、先祖の功著しく、陪臣《ばいしん》の座より引きあげ、譜代《ふだい》格とする」

もう一枚も酒井雅楽頭は音読した。

「…………」

横山長次は額を畳《たたみ》に押しつけて恐懼《きょうく》していた。

「許す。面《おもて》をあげよ」

「はっ」

許可が出たと横山長次が、少しだけ頭をあげた。

「よく見よ。家綱さまのご花押《かおう》じゃ。余の加判もあるぞ」

酒井雅楽頭が、横山長次への書付を裏返して、見せつけた。

「ははあ」

書付を見た横山長次が、ふたたび平伏した。

「この二枚を預ける。余が死んだと聞いたならば、提出するがよい。綱吉と甲府、どちらが五代将軍になろうとも、先代上様のお筆をなかったことにはできぬ。そうすれば、己が将軍の弟あるいは甥《おい》だから天下を継いだとの後ろ盾《うしだて》を否定することになる」

「…………」

書付をじっと横山長次が見つめた。

「念を押しておくが、余が死ぬ前に出すなよ。出したならば、余の加判を否定してくれるぞ」

酒井雅楽頭が釘を刺した。

将軍の上意といえども、好き勝手には出せなかった。加判を命じられた執政の署名がなければ、効力を発揮しない。これは徳川家康のころからの決まりであった。一時の怒りや感情で将軍が勝手な報賞や罰を与えては取り返しのつかないことになりかねないからであった。

「加判のなくなった書付は、無効」

「……重々承知いたしております」

大名への出世を約束されたも同然なのだ。横山長次が真顔で応じた。

「わかればいい。ご苦労であった」

帰れと酒井雅楽頭が指示した。

「御免《ごめん》くださいませ」

大切そうに書付を懐にしまった横山長次が出ていった。

「中途半端に賢い者は操りやすい。裏までは読んでも、そのまた裏までは思いを馳《は》せぬ」

蔑《さげす》んだ目で横山長次の座っていた席を酒井雅楽頭が見た。

「これで儂のやることは終わったな。あとは、酒井家に傷が付かぬようにするだけ」

酒井雅楽頭が肩の力を落とした。

「家綱さまのおられぬ世に未練はないが、家は子々孫々へ受け継いでいかねばならぬもの。儂のわがままで潰すわけにはいかぬ。なによりそのようなことは、家綱さまもお望みではない」

名門譜代というのは、将軍を支える土台である。それを潰すことは、次は吾《われ》かと他の譜代の疑心暗鬼を招くだけでなく、忠誠心の減衰を呼ぶ。名君ほど、功績ある家臣を大事にした。

「忠挙《ただたか》が暗愚ならば、潰してもよいのだがな。あやつは儂よりも執政に向いておる。忠挙も今年で三十三歳じゃ。もう家を任せても大事あるまい。儂の余波で一度は逼塞《ひっそく》させられるだろうが、殿中儀礼については忠挙の右に出るものはいない。いつか酒井の家名をふたたび執政の名簿に記してくれよう。すまぬな、忠挙。儂のわがままを許せ」

酒井雅楽頭が目を閉じた。

二

数馬から話を聞いた綱紀は、すぐに動いた。

「余が参勤で国元へ帰るまでに片《かた》をつけておきたい」

綱紀は江戸家老次席の村井に顔を向けた。

「留守居どもの尻を叩《たた》け」

「いたしておりまする」

村井が応じた。

すでに留守居役たちは、堀田備中守の留守居役との繋《つな》がりを深めるため、連日接待攻勢をかけていた。

「堀田だけではたらぬぞ。脇坂《わきさか》、稲葉《いなば》にも手を伸ばせ」

脇坂は堀田備中守の弟が養子となって当主を継いでいる。稲葉は堀田加賀守正盛の正室の実家になる。ともに堀田備中守の近い親戚であった。

「ただちに」

主君の指示に、家老が走った。

追加された任に、加賀前田家留守居役筆頭の六郷《ろくごう》が悲鳴をあげた。

「手が足りぬ」

大藩ともなると留守居役も一人ではなく、複数いる。現在、瀬能数馬を加えて江戸留守居役は七名いた。それでも不足であった。

堀田備中守の留守居役に攻勢をかけるだけならなんとかなるが、そこばかりに集中していて、他の老中の動きを見逃しては本末転倒になる。

気づけばお手伝い普請が決まっていたなどとなっては目も当てられないのだ。

そこに新たな追加である。不眠不休に近い状態で働いている留守居役たちだったが、とてもそこまで手は回らなかった。

「かといって増員を願うのも難しい」

「誰でもよいと言うわけには参りませぬ」

困惑する六郷に、五木が同意した。

留守居役は、交渉が仕事である。人付き合いのできない武官や、すべてを算盤《そろばん》で弾こうとする勘定方には務まらない役目なのだ。少なくとも他藩の者と交流を重ねたことのあるお使者番か、屋敷内の揉め事《もごと》を手早くまとめられる用人を経験していないと難しい。

「なにより、新参の顔見せをさせねば、留守居役として認められぬ」

六郷が苦い顔をした。

留守居役は藩の外で働く。自藩のなかで一度も会ったことのない者がいても困らないが、他藩の留守居役には知られていなければならない。そのため、新規に留守居役を命じられた者は、先任の紹介を受けて挨拶《あいさつ》をし、顔を覚えてもらう。それが顔見せの宴会であった。

「間に合いませぬ」

五木が悲鳴をあげた。新参顔見せの宴会は、留守居役の組に属しているすべての者が集まらなければ開かれない決まりであった。

組とは領地や屋敷が近い近隣の大名、城中での座が同じ同格などがあり、主としてこのなかで大名はつきあう。新参顔見せの開催を求めるのは加賀だが、決定するのは組でもっとも古い先達《せんだつ》と呼ばれる留守居役である。先達の許可がなければ、宴会は開くことさえできない。

「先達の都合を聞いていては、何ヵ月も先になりましょう」

「それよな」

六郷が嘆息した。

「皆で分担するしかあるまい。瀬能、書き留めるものを」

紙と硯《すずり》を六郷が用意させた。

「はっ」

留守居役控《ひかえ》の雑用係と化している数馬は、急いで道具をそろえた。

「五木、そなたは手慣れている。難しいとは思うが、備中守さまの留守居役接待の指揮を執《と》れ」

「やってみましょう」

五木がうなずいた。

「儂は残りの留守居役すべての相手を指揮する」

膨大《ぼうだい》な数になる。それを六郷が担《にな》うと言った。

「瀬能をどういたしましょう」

五木が数馬のことを問うた。

「そうよなあ。顔見せがすんだばかりで、とても独り立ちできるとは思えぬが……」

六郷も数馬に目をやった。

「小沢の担当だけというわけにはいかぬか」

「…………」

己のことだけに、数馬は口出しを控えた。

「なにかあっても、後々繕《つくろ》いのできるところを任せよう」

「繕いのできるところでございますか」

言われた数馬は戸惑った。

「たとえ怒らせたとしても、加賀に楯突《たてつ》くほどの力がないところよ。三万石以下の連中ならば、百万石の威光で黙らせることもできる」

「……つっ」

身も蓋《ふた》もない言いかたをする六郷に、数馬は小さくうめいた。

「となれば近隣組はよろしくありませぬな」

五木が腕を組んだ。

加賀藩は周囲を一門あるいは親藩、幕府領としか接していない。だから隣組といえば、江戸の上屋敷、中屋敷、下屋敷、抱《かか》え屋敷の近隣大名を言った。屋敷が隣り合うとどうしても利害がでやすい。土地の境界から、騒音、異臭、植木の枝まで、揉め事は多岐に渡る。さすがに屋敷同士の争いに幕府は口出ししてこないが、隣家と仲が悪くて得することなどはない。百万石とはいえ、近隣には気を遣わなければならなかった。

「それ以外の小藩を任せる」

「はい」

上役の命令は絶対である。数馬は首肯するしかなかった。

「どのようにいたせば」

留守居役になって数ヵ月、まともにその役目を果たしたことなどない。どころか宴への出席も禁じられている。

「教えていなかったたたりが、こんなところにきたか……」

六郷が嘆息した。

「今の我らに、瀬能の面倒を見るだけの暇はございませぬ」

目を向けた六郷に、数馬の指導役である五木が首を左右に振った。

「むうう」

低く六郷が唸《うな》った。

「誰も同じか」

五木以外の留守居役も全員が首を横に振った。

「困ったの……」

六郷が腕を組んだ。

「留守居役のいろはを教える……」

しばし六郷が思案した。

「……そうじゃ。角有無斎《かゆむさい》どのはいかがか」

「篠田翁《しのだおう》か」

五木の提案に、六郷が応えた。

「留守居役を二十年にわたって経験してこられたうえ、役を退かれて二年しか経《た》って
おりませぬ。あのお方ならば……」

「そうじゃの。藩危急のおりじゃ。隠居を引きずりだすくらいは、問題ないな」

六郷が認めた。

「瀬能」

「はい」

相談がまとまった六郷が、数馬に話しかけた。

「篠田どののお長屋を訪ねよ。そこに先代の留守居役筆頭どのが隠居しておられる。

そのお方から指導を受けい」

六郷が命じた。

「いきなりお邪魔しても……」

数馬は二の足を踏んだ。いきなり他人の家を訪問し、留守居役のことを教えろなどと言えるほど図太くはなかった。

「なにを気弱になっている。先日横山長次さまを手玉にとったとは思えぬな」

五木があきれた。

「あれは剣術の試合と同じく、一対一でございましたので」

「この剣術馬鹿が……」

六郷が天を仰いだ。

「しかし、そのおかげで、どうにかなっておりますぞ」

慰めるように五木が言った。

「たしかにそうだが……いつまでも通じると思うなよ」

同意しかけた六郷が、数馬をたしなめた。

「……これを持っていけ」

喋《しゃべ》りながら手紙を一本書きあげた六郷が、数馬に差し出した。

「紹介状じゃ。しっかりと教えてもらえ」

「はい」

手紙を受け取った数馬は留守居控を後にした。

上屋敷の塀際《へいぎわ》に並んでいる家臣の住居、通称長屋は石高と役目でその規模に大きな差があった。足軽だと台所を兼ねる土間と六畳ほどの部屋が三つしかなく、江戸家老ともなれば、ちょっとした旗本屋敷ほどの大きさになる。

「ここか」

六郷に教えられた篠田の長屋は、数馬に与えられたものとほとんど同じであった。

「御免《ごめん》を」

「へい」

声をかけると門番小者が顔を出した。

「拙者《せっしゃ》瀬能数馬と申す。これをご家人どのへ」

手紙を数馬は出した。

「お預かりいたしまする」

門番小者が手紙を持って、長屋のなかへと消えた。

「…………」

許しなく門を潜《くぐ》るわけにはいかない。数馬は外で待った。

「どうぞ、お入りくださいませ」

しばらくして門番小者が、門扉《もんぴ》を大きく開けた。当主に準ずる客として、数馬は迎えられた。

「ここでお待ちを」

門番小者は玄関まで数馬を案内して、持ち場へと戻っていった。

「貴殿が、瀬能どのじゃな」

今度は待つほどもなく、老人が現れた。

「いかにも。瀬能数馬でござる」

現れた老人に数馬は頭を下げた。

「篠田角有無斎でござる」

相手も名乗った。

「角有無斎……」

二回目ながら、気になる号に数馬は首をかしげた。

「気になりますかな」

角有無斎がほほえんだ。

「謂《い》われをお伺《うかが》いしても」

思わず数馬は訊《き》いていた。

「あっははは」

声をあげて角有無斎が笑った。

「なに、たいしたことではござらぬよ。馬と鹿の差でござる。鹿には角があり、馬にはない」

「…………」

当たり前のことを号にする理由が、数馬にはわからなかった。

「馬と鹿……漢字でお書きなされよ」

「……馬鹿」

数馬が口にした。

「さようでござる。まあ、馬と鹿の差が角のあるなしだけであろうように、人の利口と馬鹿もさほど違いはない。まあ、そういうところで」

角有無斎が語った。

「なるほど」

数馬は納得した。

「さて、ご貴殿が留守居役の瀬能どの」

「いかにも」

確認を重ねた角有無斎に、数馬はうなずいた。

「お噂はかねがね」

「どのような噂でございましょう」

言われた数馬は、少し嫌な顔をした。

「まあよろしいではないですかな。噂は当人が知らぬゆえ拡がるもの。つまりは、気にするほどのものではないのでござる。さ、玄関先でお話もございませぬ。どうぞ」

あがれと角有無斎が数馬を促した。

「隠居の身でござるので、客間ではなく、自室で申しわけないが」

角有無斎が案内したのは、長屋の奥の八畳ほどの書院であった。

「いえ。不意にお邪魔したのに、お相手を願えるだけで十分でござる」

数馬は気にしてないと首を左右に振った。

「思っていたよりもお若いの。おいくつじゃな」

「もうすぐ二十四歳になりまする」

「それはまた……」

答えに角有無斎が目を剝《む》いた。

「過去、留守居役に任じられる者は、少なくとも不惑《ふわく》をこえておりましたぞ。殿のご指名だそうでござるが……。本多どのの娘婿《むすめむこ》を引きあげるならば、もっとよい役目がいくらでもござろうに」

角有無斎が首をかしげた。

「わかりかねまする」

「でござろうな。いかにご貴殿が留守居役にむいていなかろうとも、殿の御命とあれば、誠心誠意お務めなさるしかない。また、周囲もそのための助力を惜しんではなりませぬ」

「では……」

「六郷どののご指示に従いましょう。わたくしが経験してきた留守居役というものを、ご貴殿にお教えいたしましょう」

顔を見た数馬へ、角有無斎が首を縦に振った。

「お願いいたしまする」

数馬はていねいに腰を折った。

「まず、留守居役とはどのようなものか、ご存じでござろうか」

「幕府お役人の機嫌を取り、お手伝い普請などを加賀へ課さぬように手配する。他藩と交流し、親交を深め婚姻《こんいん》などの素地を整える」

「ふむう」

数馬の答えに角有無斎が気に入らぬと鼻を鳴らした。

「貴殿のお答えでは、留守居役の仕事は、交渉の下準備のように聞こえますな」

「違いましょうや」

「まるっきり違っておりますな」

角有無斎が不機嫌になった。

「留守居役というのは、下準備ではござらぬ。攻勢をかける先手でござる」

先手というのは、戦《いくさ》で軍勢の先頭に立つ者のことである。

「…………」

数馬は唖然《あぜん》とした。

「貴殿にそのような寝言を教えたのは、参左衛門《さんざえもん》か」

「さようでございまする」

参左衛門とは五木のことだ。五木は、数馬の教育役として指導に当たっていた。

「まったく、一度あやつも叱《しか》らねばならぬか」

角有無斎が呟《つぶや》いた。

「篠田どの」

「おお、すまぬな。つい、腹立たしいと思ってしまいました」

声をかけられた角有無斎が、数馬へ目を戻した。

「参左衛門の言ったことはすべて捨てていただきましょう」

「はあ」

数馬は困惑した。

「留守居役は、泰平の世の先手。まず、このことを肚《はら》に据《す》えてくだされ」

角有無斎が述べた。

「なぜ、留守居役が先手だと言われる」

素直に数馬は疑問を口にした。

「攻めるからでござる」

「いったい誰を攻めると」

「加賀以外のすべて」

「すべて……御上《おかみ》とも」

「例外はござらぬ」

短い応答が二人の間に繰り返された。

「なぜ攻めるのでござる」

「守るため」

「加賀を守ると言われるのでござるな」

「さよう」

角有無斎が、一度間を空けた。

「……大坂に豊臣《とよとみ》が滅び、戦はなくなった。豊臣が滅んだことで、どれだけの石高が徳川に入ったかご存じか」

「いえ。豊臣が六十余万石だったくらいしか……」

「直接大坂の陣で徳川に反したとして潰されたのは、豊臣以下四家で封地は合計して七十万石ほど」

角有無斎が続けた。

「では、三代将軍家光さまの御世に取り潰された大名の数と石高は」

「まったく存じませぬ」

数馬は知らないと答えた。

「まちがっておるやも知れませぬが、およそ七十家の大名が改易となり、収公《しゅうこう》された領地は六百万石近くにおよびまする」

「それほどに……」

聞いた数馬は絶句した。

「将軍一代の間に、これだけの大名が潰れておりまする。おわかりか、大坂の陣の何倍もの大名がなくなっている。それもすべて幕府の命《めい》で改易された」

「幕府が攻めてきていると」

「…………」

無言で角有無斎が肯定した。

「あまりに……」

「そこにいつ加賀が入るやも知れませぬ」

驚く数馬へ、角有無斎が告げた。

「…………」

「ほう。そのようなことはないとか、加賀はご一門に次ぐ家格だから、大丈夫などと言われぬのはなかなか」

黙った数馬に、角有無斎が感心した。

「孫子《そんし》でござったかな、戦いはせぬにこしたことはないと言われたのは」

「あいにく、学が及びませず」

わからないと数馬は告げた。

「御上と戦えば、かならず加賀が負けまする」

幕府には大名の生殺与奪《せいさつよだつ》権がある。これは将軍がすべての武家の統領で、諸大名はその配下であるという考えかたによる。

「ゆえに戦いにならぬようにせねばなりませぬ」

「それはわかりまするが、先ほど言われた先手という言葉といささか矛盾しておるように思えまするが」

角有無斎に数馬は尋ねた。

「御上もいきなり加賀へ攻め寄せては来ませぬ。まずは、物見を出して参りまする」

物見とは、戦場や敵の状況を開戦の前に確認する者のことだ。

「留守居役はその物見を討つのが仕事。本藩に被害が及ぶ前に、片をつける。ゆえに先手と表しました」

「物見とは」

「御上だけではございませぬが、加賀に害をなそうとして来るすべてでござるよ」

「たとえば……」

数馬は混乱していた。

「一つは御上から加賀に押しつけられる無理難題でござる。その一つがお手伝い普請、他に将軍の姫を娶《めと》れなど、諸々《もろもろ》」

　問うた数馬に言い聞かせるように、角有無斎が述べた。

「続いて諸藩の物見は、我らよりも早く手に入れた御上の動きをもとに、その被害を加賀に押しつけようとして参ることでござる。他にも、加賀に自家の娘を押しつけようとするなどもござる」

　角有無斎が語った。

「…………」

「それらすべてを撃退するのが留守居役の役目」

　黙った数馬に、角有無斎が告げた。

「おわかりか」

「任の重要さはわかりましたが、どのようにすればよいか……」

　数馬は自信なさげに応じた。

「重要な役目だとわかっただけでよろしゅうござる。実際のことは、追々お話しいたしましょう。一日ですべては教えられませぬし、覚えられますまい。無理をして肝心なところが抜けては意味がない」

　角有無斎が教授の終わりを宣した。

知らぬうちに力が入っていた数馬は、大きく息を吐《は》いた。

「……ふう」

「ところで、瀬能どのは、もとお旗本であったそうじゃが」

雑談といった雰囲気で角有無斎が訊いてきた。

「祖父がそうでありましたが、拙者は加賀で生まれ、前田家の家臣として育って参りました」

先日みょうな誘いを受けたばかりである。数馬は疑いを避けるため、加賀のものだと強調した。

「旗本に復したいとは」

「思いませぬ。江戸はどうも馴染《なじ》みませぬ」

さらに問いを重ねた角有無斎に数馬は首を左右に振って見せた。

「江戸はお気に召さぬか。なかなかに楽しいところであるのに」

「騒々しすぎまする。人もあまりよろしくはない。他人を絶えず出し抜こうと考えているようで」

数馬が述べた。

「当然でござろう。人は競うもの。少しでも他人より上に、よい思いをしたい。そう考えるからこそ、上を目指す」

角有無斎が笑った。

「貴殿もそうであろう」

ちらと角有無斎が、数馬の右に置かれた太刀を見た。

「剣術をおやりのようじゃ。その左手にあるのは柄《つか》だこでござろう。それだけはっきりしたたこがある。かなり稽古《けいこ》を重ねられたと拝見するが」

「よく……」

角有無斎の観察力に、数馬は驚いた。

「留守居役の心得の一つでござる。初対面はもちろん、会った人のことは徹底して観察する。どこから話の接ぎ穂を探せるかわかりませぬでな。人というのは、己の好きなことだと油断して話をしますでな。そこから得られるものは多い。逆に嫌いなものの話だと警戒させてしまいまする。それをおまちがえないように」

教育は終わったと言いながらも、角有無斎が解説した。

「茶の心得は」

部屋の隅に置かれた炉へと向かいながら、角有無斎が問うた。

「たしなむていどでよろしければ」

数馬の母須磨は茶の湯を唯一の趣味としている。小さなころから、名門武家の嗜《たしな》みだとして数馬は仕込まれていた。

「結構でござる」

首肯した角有無斎が、茶を点《た》てた。

「どうぞ」

「ちょうだいいたす」

茶碗を手にした数馬は、作法どおりに飲み干した。

「なかなかに勇壮なお茶碗でございますな」

空になった茶碗を数馬は鑑賞した。

「丹波《たんば》焼でござる。名をつけるほどのものではございませぬが、その肌合いが気に入って、愛用いたしておりまする」

うれしそうに角有無斎が笑った。

「作法はどこで」

「母が茶道を好んでおりまして、幼少のころから教えを受けておりました。ご貴殿は」

「拙者は留守居役になってから習いに参りました。宗和流《そうわりゅう》でござる」

角有無斎が話した。

「さて、おわかりか」

姿勢を正して角有無斎が質問した。初見の相手との会話法、その一つを角有無斎は教えた。

「はい」

共通の話題を探し、そこから、話の継《つ》ぎ穂《ほ》を紡《つむ》ぐ。今までの会話で理解できていないほうが問題である。数馬はうなずいた。

「よきかな。留守居役としての素質はお持ちのようだ」

角有無斎が認めた。

「では、今日はこの辺で」

「かたじけのうござった」

もう一度終わりを宣した角有無斎に礼を言って、数馬は長屋を辞した。

三

酒井雅楽頭の策のとおり、前田家の留守居役は総出で堀田備中守の留守居役を接待に誘った。

「ご貴殿もか」

「おぬしも」

堀田家の留守居役たちが顔を見合わせた。

「異常でござるな」

「殿にご報告を」

留守居役たちは的確な対応を取った。

「加賀が……」

話を聞いた堀田備中守が、表情を硬くした。

「はい。ほぼ全員に加賀から会合の誘いが来ておりまする」

留守居役を代表した年嵩《としかさ》な藩士が答えた。

「小沢、そなたは」

その場の下座に控えていた小沢兵衛《ひょうえ》へ、堀田備中守が問いかけた。

「わたくしには参っておりませぬ」

小沢が首を左右に振った。

「当然といえば当然か。加賀がそなたに声をかけるはずはないな」

堀田備中守が納得した。

「いかがいたしましょうや」

年嵩の留守居役が尋ねた。

「受けよ。そしてどのような話が出たのかを、逐一《ちくいち》報告せい」

「はっ」

主君の指示に、留守居役たちが頭を下げた。

「小沢残れ。他は下がってよい」

堀田備中守が小沢だけを残した。

「どう見る」

「加賀の動きでございますか……」

確認した小沢が少し思案した。

「先日、加賀の留守居役瀬能から、殿と加賀公との会談を準備して欲しいとの要望がございました」

「覚えておる。まだ時期ではないと話を進めてはおらぬが」

堀田備中守が述べた。

「時期ではないと……」

小沢が、堀田備中守を見上げた。

「うむ。お世継ぎさまを襲ったのが、加賀ではないという保証がない。噂も抑えきれず、城中に流れている。ことがことだけに、表だってどうこうという状況にはなっていないが……今、余と加賀が会うというのはまずい」

難しい顔を堀田備中守がした。

「殿にもよろしくないお噂がつきまするか」

すぐに小沢も悟った。

「そうだ。さすがに余が加賀にお世継ぎさまを害するよう頼んだと見る者はおるまいが、その後始末を引き受けたと取られかねぬ」

堀田備中守が嘆息した。

「殿が、お世継ぎさまを害そうとした下手人をかばわれるなど、誰も思いませぬ」

懸念を小沢が否定した。

「甘いぞ。それゆえ、そなたは加賀を逃げねばならなくなったのだ」

「……くっ」

遠慮なく小沢の古傷を堀田備中守がえぐった。

「政《まつりごと》というのは、闇だ。人など簡単に呑みこんでしまう。そして執政にとって、政は武器だ」

「武器でございますか」

「ああ。それも同じ執政衆を蹴落《けお》とすためのな」

堀田備中守がなんともいえない目つきになった。

「余と加賀が密かに会う。それだけで十分な材料になる。今は余に全幅の信頼をくださっているお世継ぎさまだが、毎日のように余の悪い噂を耳にしてみよ、いつかは疑いをお持ちになる」

「…………」

小沢は沈黙した。

「安心いたせ。そなたが訊き出してきた直江状《なおえじよう》が加賀の本多にあるという情報。その対価の支払いはかならずする」

「加賀公とお会いくださると」

断言した堀田備中守に、小沢が身を乗り出した。

留守居役は五分と五分。これが決まりである。与えられた情報の返礼は、その価値に等しい情報、あるいは金品、もしくは便宜などですみやかに支払われなければならない。この約定《やくじよう》を一度でも破れば、その留守居役は二度と他から話を持ちかけられることはなくなった。

「会うとは限らぬ。いや、いずれは会う。ただ、時期は未定じゃ」

「それは……」

小沢が泣きそうな顔をした。

「さきほども申したであろう。安心いたせと。そなたの得た話の代償は用意してやる。今少し待て。もうよい」

そう言って堀田備中守は小沢に手を振った。

家綱の忌中《きちゅう》が明けたというのと、加賀の動きが疑心暗鬼を生んだこともあり、留守居役たちの活動は一気に活発化した。

「申しわけございませぬ。あいにくその日はもう、座敷が」

吉原《よしわら》と品川《しながわ》の宿の旅籠《はたご》がうれしい悲鳴をあげた。

「金なら払う」

無理でも割りこみたい留守居役が金をちらつかせたが、それで予約を取り消しては、見世《みせ》の信用は地に墜ちる。

「ご勘弁を」

亭主からていねいに断られた留守居役たちは、新たな手段を取った。

「ご一緒させていただきたい。恩に着る」

他藩の留守居役たちが、江戸城中留守居溜《たまり》で、加賀藩の留守居役と堀田家の留守居役に同席を頼んだのである。

加賀と堀田家の動向を探るに、これほど有効な手だてはない。たしかに密事に近い内容は、その場でなされないだろうが、それでも話の方向で、どういったものを求めているかを想像することはできる。それくらいの能力がなければ留守居役に任じられはしない。

「よろしゅうござる」

申しこまれた留守居役たちは、皆、判で押したように認めた。

「恩に着る」

この一言が大きく作用していた。

外交の場面で、恩に着るとは、借りを作ったと同義であった。これの意味がわからないはずはない。これは、いざというとき、なにも言わず味方をすると誓ったも同然なのだ。

こうして加賀と堀田の宴席は、客と主人、その他の傍観者という形で開催された。

吉原でも品川でも宴席は変わらない。

各人の前に置かれた膳と、それぞれの右手につく酌婦が基本となる。料理はさほどのものは出ない。江戸でも外食がようやく広まり始めたところで、手の込んだものを出せるような料理人などいないのだ。せいぜい、小魚の醬油煮《しょうゆに》、菜の塩あえ、瓜《うり》の酒粕漬《さけかすづ》けなどである。酒も濁り酒で、吉原以外ではまず酢のようなものしか出ない。

そのていどのもので客を満足させられるわけなどないが、それでも呼ばれれば応じるのが留守居役であった。

「本日はお呼び立ていたし、申しわけもございませぬ。なにもございませんが、存分にお召し上がり下さいませ。宴席の後は、お疲れをお休めいただくように、別室と介添えの女を用意してございまする」

五木が宴席の主催者として挨拶をした。

「いや、お気遣いの行き届いたことよ。さすがは百万石にその人ありと言われた五木どのじゃ」

主客である堀田家留守居役伊豆川多門《いずかわたもん》が返礼をした。

「ご一同、まずは一献干してくだされ」

「いただこう」

「馳走《ちそう》になりまする」

五木の音頭で、全員が盃《さかずき》を干した。

「まずは、膳を片づけていただきたく」

いきなり無粋な用件に入ることはなく、和やかに食事がおこなわれる。これも決まった流れであった。

「五木どのよ」

伊豆川が招いた。

「はい」

主人として下座にいた五木が、小腰を屈《かが》めて伊豆川に近づいた。

「一献参ろう」

伊豆川が、己の使っていた盃を五木に差し出した。

「これはありがたし」

「注いでやれ」

受け取った五木の盃に酒を注げと伊豆川が酌婦に命じた。

「あい」

吉原の遊女が片口を両手で持ち、盃半分くらいの酒を入れた。

「頂戴《ちょうだい》いたす」

五木が盃を干した。

先達《せんだつ》がもっとも偉い留守居役のなかで、老中の留守居役だけは別格扱いされた。もちろん、主家の権力のお陰であった。

「お気に召しましたかの」

盃を返しながら、五木がちらと伊豆川の隣に座っている酌婦を見た。

「……いや、結構なお気遣いじゃ」

伊豆川が酌婦の手を握った。

「それならば……」

「今宵《こよい》は泊まらせていただこう」

問いかけた五木に、伊豆川が告げた。

「ご返盃《へんぱい》をさせていただきましょう」

五木の合図で、酌婦が伊豆川の盃に酒を満たした。武家の宴席、それも職務のものである。御流れ頂戴でないかぎり、男が他人の盃に触れることはしない。

「いただこう」

鷹揚《おうよう》に受けた伊豆川へ、五木が声をひそめた。

「のちほど、余人を交えず」

「…………」

五木の要望に、伊豆川が盃を干すことで同意を伝えた。

「で、今宵はなにかお話でも」

伊豆川が聞こえよがしに表向きの理由を問うた。

「お忙しいとは存じておりますが、どうしても伊豆川さまのご指導をいただきたいことがございまして」

五木も手慣れている。すぐに伊豆川の言葉に反応した。

「…………」

その遣《や》り取《と》りを無理矢理割りこんできた他藩の留守居役が注視していた。

「わたくしごときに……なんでございましょう」

謙遜《けんそん》は礼儀である。伊豆川が型どおりの対応をした。

「まもなくお世継ぎさまへ将軍宣下の御儀がございましょう。そのときの主の礼法につきまして、お問い合わせを」

五木が質問した。

「ああ、それならば従来の形でよろしゅうございまする」

「ご先代さまに準ずれば」

「さよう」

「それを伺いまして、安堵《あんど》いたしました。ご存じのとおり、主にとっては初めて出席させていただくたいせつな行事でございまする。なにかあっては困りまする。なにぶんにも主はまだ若く、しきたりに精通いたしておりませぬゆえ」

ほっと五木が安堵の息を吐《つ》いた。

「いやいや、ご忠節なことでござる」

伊豆川が感心した。

「それが目的か」

「加賀どのならば気にされて当然だな。なにせ、五代さまの座を争ったのだ。些細《ささい》な失敗でも許されまい」

聞いていた他藩の留守居役たちが緊張を緩めた。

「どれ、拙者もご挨拶に参るとする」

「拙者も」

次々に留守居役たちが、伊豆川、いや次の執政筆頭の留守居役へ群がった。

「借りを簡単に使ってくる連中だから、このていどでも当然か」

自席へ戻った五木が口のなかで嘲《あざけ》った。

「よろしゅうございましょう」

五木の酌婦が片口を手にしていた。

「簾《れん》もわかっておろうに」

言いながら五木が盃を出した。

「五木さまのお相手をさせていただいて、もう五年になりまするので」

ほほえみながら簾が酒を注いだ。

「……他の妓《おんな》も気づいておりますよ」

簾が小声になった。

「…………」

五木が酌婦という名前で各人につけている吉原の遊女屋三浦屋《みうらや》の遊女を見た。

「皆、留守居役さまのお馴染《なじ》みを持っておりまする」

馴染みとは吉原独自の慣習であった。一旗揚げようとして出てきた男の町として発展している江戸は、女が少ない。夫婦《みようと》になってくれる女が足りないのだ。男はその欲望を遊女で発散するしかないのだ。

だからといって遊女の数にも限界があった。一人の遊女に十人の男が群がっては、まともに相手できない。

そこで、吉原は馴染みという形を作り、客と特定の遊女を結びつけることで、需要と供給を安定化させようとした。

決まった遊女ができれば、次いつ来るのかを事前に知れる。同じ馴染み客が重ならないよう遊女に調整させるのだ。こうすることで、一夜のうちに相手する客数を支配し、遊女の身体《からだ》が壊れないようにしていた。

とはいえ、一人の馴染みでやっていけはしない。少し美形や客あしらいの上手い遊女ともなれば、何十人という馴染みを抱えている。事実三浦屋で太夫《たゆう》の一つ下の格子《こうし》女郎《じょろう》とはいえ美貌で知られた廉は、三十人をこえる馴染みを持つ。他の遊女も五木が加賀藩の名前を使って、三浦屋でも指折りの者ばかりを用意したのである。当然、他家の留守居役を馴染みにしている者ばかりになった。

「いつも五木さまがお連れになられる留守居役さまに比べれば、少し……」

客商売である。最後まで廉は言わない。

「落ちるか」

「主《ぬし》さま」

口にしなかったことを言った五木を廉がかわいく睨《にら》んだ。

「同格組でも、近隣組でもない連中じゃ。つきあいがないゆえ、その資質を知らなんだでな」

五木が笑った。

「伊豆川どのの敵娼《あいかた》は……」

「雪乃《ゆきの》さんでございますか」

「なんどか宴席では見ているが、閨《ねや》はどうなのだ」

宴席での対応を認めているから五木は雪乃を主客の伊豆川につけた。だが、廉という馴染みを持つ五木は、雪乃を抱くことはできない。留守居役の接待には、遊女の閨ごとまで入る。

「お上手でございますよ。お馴染みさんが多いことからもわかりましょう」

廉が保証した。

「閨ごとだけではないぞ」

床の技の上手というだけでは不足であった。五木が廉を見た。

「もちろん、事前事後の睦言《むつごと》も三浦屋で指折りでござんす」

「そなたが言うならば大丈夫だな。わかっていると思うが……」

首肯した五木が続けた。

「翌朝には、主さまのお耳に届きまする」

五木の続きを廉が遮《さえぎ》った。

「うむ」

大きくうなずいた五木が、盃を置いた。

「お部屋を替えましょうか」

すぐに廉が意図に気づいた。

「ああ。伊豆川どのが閨ごとに入られる前に、話をすませておきたい」

五木が告げた。

「では、用意をいたして参りまする」

しずかに廉が出ていった。

「……整いましてございまする」

小半刻《こはんとき》（約三十分）たらずで廉が戻って来た。

「ご苦労」

一言ねぎらった五木が、立ちあがった。

「ご一同、休息部屋の用意ができましてござる。このあとは、そちらでおくつろぎくだされ」

「そうさせてもらおう。雪乃と申したな、案内《あない》を頼む」

「あい」

主客が動かなければ、五木を始めとする他の客も座を離れられない。こういう流れになったときは、主客が率先するのも留守居役会合の慣例であった。

「五木どの、馳走であった」

声をかけて、伊豆川が雪乃に手を引かれて出ていった。

「では、皆様方も」

主客がいなくなれば、主人の仕事も終わる。五木は廉の腰を抱き寄せた。

「あい」

艶然《えんぜん》と廉がほほえんだ。

「参りましょう」

「お出でくださいましな」

他の留守居役にあてがわれていた遊女たちが、移動を促した。

「ああ。馳走でございました」

「かたじけなし」

次々と留守居役たちが宴席を後にした。

「……案内を頼む」

「こちらへ」

廉が五木を先導した。

「御免を」

「お待ちしていた」

揚屋の二階、その最奥で伊豆川が、乱れない姿で五木を出迎えた。

「廉」

「あい。雪乃さん」

声をかけられた廉が、雪乃に目で合図をした。

「あい」

首肯した雪乃と廉が、部屋の外へ出ていき、廊下で控えた。他人を寄せ付けないためであった。

「本日は……」

「無駄な挨拶は止めましょうぞ」

また礼を言いかけた五木を、伊豆川が制した。

「承知いたしましてござる」

うなずいた五木が、伊豆川を見た。

「お話を伺おう」

「おわかりだと存じまするが、城中の噂を」

促された五木が、話を始めた。

「…………」

無言で伊豆川が肯定した。

「言いわけなどいたしませぬ。事実を確認させていただきたい」

「事実……お世継ぎさまが西の丸で襲われた以外になにが」

五木の求めに、伊豆川が首をかしげた。

「加賀の仕業とされておりますが、その根拠をお伺い致したい。まさか、五代将軍の座を奪うためなどとは言われますまい」

綱紀が酒井雅楽頭に断った場面は、目付《めつけ》を始めとする多くの者に目撃されている。綱紀が五代将軍になりたいため、邪魔者を殺そうとしたという巷間《こうかん》でささやかれているような与太話《よたばなし》は要《い》らないと五木が釘を刺した。

「それはわかっております」

伊豆川も認めた。

「加賀だとの噂を流したのは……」

厳しい目つきで五木が伊豆川を見た。

「我が主ではございませぬ。もちろん、堀田家の誰でもございませぬ」

伊豆川が目をそらさずに答えた。

「では、なぜ加賀だと……」

「拙者が殿から伺ったところによりまするとし、柳沢吉保さまが綱吉さまの枕元へ撃ちこまれた手裏剣《しゅりけん》を回収、西の丸大奥を警固《けいご》していた伊賀者に見せたところ、加賀の忍が使うものに酷似《こくじ》していると返答したよし」

伊豆川が説明した。

「伊賀者……」

五木が難しい顔をした。

「今度はこちらからお訊きしよう」

留守居役は五分と五分、一つ教えたならば一つ返してもらうのが決まりであった。

「なんでござろう」

五木が身構えた。

「酒井雅楽頭さまから、あれ以降連絡は」

「ございませぬ。こちらも酒井雅楽頭さまの留守居役さまとは、あれ以降おつきあいを控えさせていただいておりまする」

問われた五木が述べた。

酒井家は、譜代大名最高の溜間詰《たまりのまづめ》である。溜間は大老を出せる家柄と先祖をたどれば徳川に行き着く譜代大名のなかでも名門だけが許される座である。いかに徳川秀忠の娘珠姫《たまひめ》の血を引くとはいえ、外様大名がそこに入ることはない。酒井雅楽頭が老中となって以降、留守居役として接待してきたが、同格でも近隣でもないだけに普段の接点はなかった。

「もう終わりだと」

酒井家の没落を見こしてのことかと、伊豆川が尋ねた。

「身も蓋《ふた》もない言いかたでよろしければ、加賀の前田は酒井を見限ったとお考えいただいてけっこうでござる」

五木も断言した。

外交というのは、あいまいな表現で、どうとでもとれる態度をするのが慣例である。後々で言質《げんち》を取られたりしないようにとの考えからであったが、今宵、五木ははっきりと告げた。これはこれから始まるであろう酒井家と堀田家の争いに巻きこまれないための保身であった。

大老と次期執政筆頭の避けられない暗闘である。今まで培《つちか》った人脈や情報を駆使して、潰されまいと抵抗する酒井家と、先代の影響を一掃し、己の色に幕府を染めたい堀田家が、水面下で争うのだ。

争うといっても、兵を出して戦うわけではなく、要路に息のかかった人物を配し、相手の弱みを探り出してはその勢力を削《そ》ぐといった陰険なものだ。

加賀の前田は一応、どちらとも親しくはない。中立というより蚊帳《かや》の外といった立場である。それがなによりだが、今回ばかりは巻きこまれる要素があった。

それが酒井雅楽頭による前田綱紀将軍推挙であった。

将軍は武家の統領であり、天下の主である。これになるためならば、親でも子でも殺してやろうと考えて当然の権力であった。それに綱紀を推したのだ。誰が考えても、酒井雅楽頭と前田綱紀は親しい、少なくともなにかのかかわりがあると考えて当然であった。

「堀田家を敵にはしないと」

「もちろんでござる」

次の執政筆頭を敵にするわけにはいかなかった。確認した伊豆川に五木が強く首を縦に振った。

「味方も……」

「かかわりたくございませぬ」

じろと睨んだ伊豆川へ、五木が正直に告げた。

「加賀の前田は外様でござる。幕政にかかわることはございませぬ。前田の望みは、このまま先祖伝来の封土《ほうど》を受け継いでいきたいだけ」

他の欲はないと五木が述べた。

「堀田家の望みはおわかりでござるな」

「もちろんでござる。ご安心を。加賀は決してその前に立ちませぬ」

二人が見つめ合った。

「けっこうでござる」

伊豆川が納得した。

「他になにか」

「小沢は……」

「放逐《ほうちく》はできませぬぞ。殿がお離しになりませぬ」

罪人の引き渡しを伊豆川が拒んだ。

「残念でござる」

五木があきらめた。

「伊豆川どのよ。一つよろしいかの。お役目を離れてお願いがござる」

「ものによるが」

留守居役同士の話ではないと前置きした五木に、伊豆川が身構えた。

「小沢のことでございまするが、あやつめなにを備中守さまに申しあげたか、ご存じではござらぬか」

「むうう」

伊豆川がうなった。

罪人の対応は留守居役の仕事でもある。他領に逃げこんだ者の引き渡しなどの交渉も留守居役が担当した。引き渡しが望めないとなれば、それは留守居役の任から外れる。

「先日まで一緒に働いておったのでござる。かの者の家族とも交流はござった。それがなぜ……」

五木が無念そうに顔をゆがめた。

「お気持ちはわかりまする」

伊豆川が理解をしめした。同じことがいつ起こるかわからないからだ。小沢のことは、外交を担当していた者が、相手側に寝返ったも同然であった。それこそ、こちらの手のうちすべてが筒抜けとなる。その穴を埋めるには、相当な労力と時間が要った。

「知らぬ仲でもなし、お話をしたいところだが、あいにく小沢は、殿の直轄《ちょっかつ》でな。我らは、ほとんどしゃべったことさえない」

伊豆川が首を振った。

「さようでござるか。では、お邪魔をいたした。ごゆっくりお休み下され」

肩を落とした五木が部屋を出ていった。

「主さま……」

代わって入ってきた雪乃が気遣わしげな声を出した。

「武士は相身《あいみ》互《たが》い身《み》。とくに留守居役は五分と五分。辛《つら》いの」

伊豆川が小さく呟いた。

第四章　密談の場

一

百万石をこえる大名は加賀《かが》の前田家だけである。新田の大幅な開発に成功した仙台の伊達《だて》、琉球《りゅうきゅう》を侵略し支配下に置いた薩摩の島津《しまづ》の二家が、実高百万石をこすと目されているとはいえ、あくまでも表高は七十万石内外である。

幕府での格や評価は、表高による。御三家と肩を並べる加賀に匹敵する格を誇る外様大名はなかった。

徳川家との縁も重ね、外様でありながら御三家同様の一門扱いを受け、城中では大廊下に詰める。

譜代大名でさえ遠慮する格式、それがおごりに繋《つな》がった。

加賀藩留守居役《るすいやく》は、堀田備中守《びっちゅうのかみ》への対応で多忙を極めたことで手が足りなくなり、まだ現場に出せるだけの経験を積んでいない数馬を使わざるをえなくなった。そこで、加賀藩は、多少失敗しても百万石の威光で黙らせられるだろうと考え、数馬に数万石以下の外様大名の留守居役相手を命じた。

一応、指南役として数十年の経験を持つ隠居した留守居役をつけたとはいえ、十分な期間をかける暇なく、数馬を宴席に出した。

「瀬能数馬でございまする。本日はお招きいただきありがとうございまする」

上座で数馬は礼を述べた。

加賀百万石と数万石の外様、普段つきあいはまったくと言っていいほどなかった。近隣組、同格組でもない、小藩の留守居役の会合である。

そこに呼ばれた数馬は、主客として扱われた。今までのように、新参として部屋の出入り口側に控え、飲み食いもせず先達《せんだつ》たちの供応に終始しなければならない状況とは大いに違う雰囲気に、数馬は戸惑った。

「ようこそご足労いただいた。ささっ、まずはご一献。お注ぎせい」

「あい」

主人役の留守居役が、数馬の隣にいる若い酌婦に合図をした。

「お盃《さかずき》を」

「ああ」

酌婦に促《うなが》された数馬は、盃を差し出した。

「どうぞ」

盃が満たされるのを確認した留守居役が促した。

「ちょうだいする」

軽く頭を下げて、数馬は酒を口にした。

「では、ご一同、我らもご相伴《しょうばん》に与《あずか》りましょうぞ」

「失礼して」

「いただこうぞ」

じっと数馬が酒を飲むのを見ていた数人の留守居役が、動いた。

酒が入ると座はくだける。こればかりは武家も庶民も変わらない。すぐに宴席は和やかなものになった。

「瀬能どの、ご一献。拙者《せっしゃ》、日向高鍋藩《ひゅうがたかなべ》の伊東元太夫《いとうげんだゆう》でござる。以後お見知りおきを願いまする」

「お若いのに、留守居役とは畏《おそ》れ入る。ああ、わたくしは、毛利安房守《もうりあわのかみ》の家臣沢山居《さわやまい》蔵《ぞう》と申しまする」

次々と出席している留守居役が挨拶《あいさつ》にやってきた。

日向高鍋は秋月《あきつき》二万七千石、毛利安房守は豊後佐伯《ぶんごさいき》二万石の外様大名であった。

「毛利さまと言われると……長州《ちょうしゅう》の」

数馬は沢山に訊《き》いた。

「いやあ、皆さまそう言われますがな、あいにくかかわりはございませぬ。いや、血縁ではないと言うべきですな」

苦笑しながら沢山が続けた。

「我が毛利家の祖先は、織田信長公の家臣森高政《もりたかまさ》でござる。森高政は、かの本能寺の変のおり、豊臣秀吉《ひでよし》公のもとで中国攻めに加わっておりました。ご存じのとおり、織田信長公が明智光秀《あけちみつひで》の謀反《むほん》で……」

徳川に滅ぼされた豊臣に敬称を付け、明智光秀に付けないのは、光秀が忠義を根本とする幕府にとって絶対許されない謀反を起こしたからであった。

「急ぎ京へ戻らなければならなくなった秀吉公は、毛利輝元《てるもと》さまと講和いたしました。そのとき森高政は、講和の人質として毛利に残されたのでござる」

「人質でございますか」

数馬は目を剝《む》いた。戦国のころ戦《いく》さ止《ど》めの人質は、名を知られていながら殺されてもそれほど被害が出ない人物が選ばれることが多かった。もちろん、降伏やそれに近い和睦などのおりに出される人質は、一族など失うわけにはいかない重要人物になる。

「さよう。秀吉公としては苦渋の選択であったと伝わっておりますが、はたしてどうか」

微妙な表情で沢山が語った。

「そのとき森高政は、毛利公のお気に召したのでござる。もりともうり、音も似ているので、さほど変わりもあるまい。今日より毛利と名乗れと姓を下さった。それ以降、毛利と称しておりまする」

「それは由緒のあることでございますな」

聞き終わった数馬は褒《ほ》めた。

「中国の雄、毛利輝元公よりご名字を賜《たまわ》るとは、貴家のご先祖、森高政さまはそれほどの御仁《ごじん》であられたとの証《あかし》」

「いや、そう言っていただくとありがたい。ささ、どうぞ」

沢山の勧めに合わせて酌婦が盃を満たす。

「…………」

「うむ」

数馬の目が盃に向いた隙《すき》に、宴会の主催者である伊東と沢山が目配せをした。

「瀬能どのよ。少しお伺《うかが》いをいたしたいが」

「なんでございましょう」

盃を数馬は置いた。

「加賀さまは、堀田備中 守《びっちゅうのかみ》さまとお親しいのでございましたか」

昨今の関係を伊東が訊いた。

「格別の関係はございませぬ」

数馬は首を左右に振った。事実を曲げるわけにはいかなかった。

留守居役は藩の外を担《にな》う。当然、他家の動向には注意を払っていた。前田家と堀田家が険悪とまではいかなくとも、良好でないとは知られていた。

なにせ、五代将軍の座を一時とはいえ、綱吉から奪いかけたのだ。それが前田家の意向ではなく、大老酒井雅楽頭の策略だったとはいえ、互いに被害者同士でしたとはならない。

外様の前田家に将軍就任の話が出た。これが問題であった。いつ、その話が再燃し、綱吉の地位を脅《おびや》かすかも知れないのだ。綱吉を将軍にすることで、執政筆頭の座を手に入れたにひとしい堀田備中守にとって、前田は警戒する相手でしかなかった。

さらに加賀の内情、密事に精通した小沢を堀田家は召し抱えた。加賀の罪人と知りながら、留守居役に据《す》えた。これは、喧嘩《けんか》を売ったも同然の行為であった。

前田と堀田は、敵対しているというのが、世間の見方であった。

その両家の留守居役が、毎日のように会っている。その意図を探ろうとするのは、留守居役の使命であった。

「失礼ながら、よく会合をもっておられるようでござるが」

沢山が問うた。

「お世継ぎさまの将軍宣下《せんげ》の儀式について、打ち合わせをしておるのでございまする」

五木から教えられた理由を、数馬は口にした。

「儀式の打ち合わせ。たしかに大事でございますな」

伊東が納得した顔でうなずいた。

「たしかに。前田さまともなると儀式でも上に座られまする。勅使さま、院使さまはもとより、お世継ぎさまの目もございまする。我らのような小藩だと、顔さえわからぬ下座でございますからな、多少の粗相《そそう》があっても気づかれませぬ」

沢山も同意した。

「おわかりいただけたか」

数馬はほっとした。

「理解いたしましてございまする。いや、大藩のご苦労は、また格別なものでございますな。瀬能どのもお気疲れでございましょう」

さらに伊東がねぎらった。

「それほどではございませぬが……」

数馬は謙遜《けんそん》した。

「わたくしどものような小身の留守居役のお相手もなさらねばならぬとは、申しわけないことでござる。お若いながらに、おできになる証拠とご辛抱願いますが、ところで、瀬能さまを溜《たまり》でお見かけいたしませぬが、普段はどのような」

おだてながら伊東が質問した。

「今はまだ慣れておりませぬので、他の同僚の留守番でございましょうか」

「留守を守る。いや、それこそ留守居役の本領でございますな」

その名のとおり、本来留守居役は藩主が国元へ帰っている間、江戸屋敷を預かるのが仕事であった。それが、用人や家老に政《まつりごと》の権が集約されていった結果、外交を担うように変化した。

「しかし、一日屋敷の控《ひかえ》とはなかなか辛いのではございませぬか」

さりげなく伊東が水を向けた。

「いや、たまには出まする」

なにげなく数馬は答えた。

「どなたとお会いに」

「いろいろなお方とお目にかかりまする」

探りを入れてきた伊東に、数馬はごまかした。

「これはいかぬ。遅くなってしまいましたな。申しわけござらぬが、ちと所用がござるゆえ、中座をさせていただこう。馳走《ちそう》でございました」

「えっ。このあと別室を用意しておりますが」

帰ると言った数馬に、伊東が驚いた。

「おい」

合わせて沢山が数馬に付けられていた酌婦を睨《にら》んだ。

「まだよろしゅうございましょう」

酌婦があわてて数馬に身を寄せた。

遊女は誰でも胸を大きくくつろげた着こなしをしている。吉原《よしわら》だと胸の前で帯を結ぶという独特の風習があり、さほど胸を強調しないが、それ以外の遊郭だと着物は肩に引っかかっているていどというところもある。

旅籠《はたご》であるとごまかしている品川《しながわ》の遊郭もどちらかといえば、派手な姿をしていた。

「いや……」

ほとんど直接に近い状態で、胸の膨《ふく》らみを押しつけられた数馬は焦《あせ》った。

本多家の姫を妻に娶《めと》る。格上にもほどがある相手には、気を遣《つか》わなければならない。なにより正室以外に子ができてはおおごとになる。数馬が側室を持てるようになるには、琴が嫡男を産むか、嫁して十年近く子ができないかのどちらかの条件を満たさなければならない。前者は瀬能家の跡継ぎが決まったからであり、後者は跡継ぎをなんとしても作らなければならないという理由があって許される。

つまり、婚姻《こんいん》を果たすまでは、他の女を抱くわけにはいかなかった。

もちろん、遊女は不特定多数の男に身を任せる。たとえ子を孕《はら》んでも、誰の胤《たね》かわからないのだ。後日、瀬能の嫡男でございますと名乗り出てくる心配はないが、己《おのれ》を抱きもしないで、遊び女にうつつを抜かす旦那を妻が認めるはずもない。

「佐奈以外は認めませぬ」

琴からしっかり釘を刺されている。

「ご入り用とあれば、いつなんどきでも」

佐奈からもそう言われている。

たしかに女を抱くのは留守居役の任だと言える。接待で遊女を付けられて、なにもしないというのは、招いてくれた人への無礼になった。

「こんな遊女をつけやがって、抱く気にもならぬ」

こういった不満の表明に他ならない。

わかってはいるが、数馬は遊女の誘いを断った。

「すまぬな。どうしても外せぬ用でな。これを」

数馬はすばやく懐《ふところ》から小粒金を取りだして、遊女の手に握らせた。

「こんなに」

小粒はその大きさで値段が変わる。手にした重さに遊女が驚き、数馬の腕を摑《つか》んでいた力がゆるんだ。

「では、ご一同、ご無礼をお許しあれ」

すっと数馬は立ちあがった。

「あっ、お見送りを」

すばやく袂《たもと》に小粒を落とした遊女が、数馬の後を追った。

「葉月《はづき》と申しまする。今度は是非《ぜひ》ごゆっくりおいでくださいませ」

遊女が名乗り、ふたたび自慢らしい豊かな胸乳を押しつけた。

「ああ。そのときは、そなたを呼ぼう」

振り払うわけにもいかず、数馬はそっと身体《からだ》を離して、品川の旅籠を出た。

「……帰ったか」

宴席に戻ってきた葉月に、伊東が渋い顔をした。

「少し焦りすぎましたかの」

沢山が慰めた。

「まあ、よろしゅうございましょう。瀬能という御仁のことがわかっただけでも」

ずっと数馬に近づかず、遠くから観察していた初老の留守居役が言った。

「いかがご覧であったか、翁《おう》」

伊東がていねいな口調で尋ねた。

「さよう、加賀どのは堀田さまとのつきあいを考えているのではないとわかりますな」

翁と呼ばれた留守居役が述べた。

「なぜ、そのように」

沢山が問うた。

「親しくなることはできませぬな。なにせ、五代将軍の座を巡って争った両家でござる」

前田は酒井雅楽頭に踊らされただけであり、堀田は綱吉を推しただけであるが、世間はそうは見ていなかった。

「そのうえ、堀田さまは前田の罪人と知りながらも、小沢どのを引き取っている。少なくとも堀田家から歩み寄る気はないという証でござる」

「たしかに」

翁の説明に伊東が首肯《しゆこう》した。

「では、なぜ加賀どのは堀田家の留守居役との宴席をこれだけおこなっておるので」

「真の目的はわかりませぬ」

当たり前である。他人の狙いなど当事者でない限り読めるはずはない。翁が小さく首を振った。

「ただ、見えるものはござる」

翁が告げた。

「なんでございましょう」

「お聞かせいただきたい」

二人の留守居役が翁に願った。

「ご覧あれ」

翁が懐から書付《かきつけ》を出した。

「拝見……これは」

「どれ……おう」

伊東と沢山二人が驚いた。

「わたくしが知れる限りで、すべてではござらぬが、ここ最近の加賀どのの留守居役ご一行が招いている堀田家のお留守居役さまのお名前でござる。お気づきでござろう」

「小沢どのの名前がない」

伊東が答えた。

「さよう。そしてもう一つ、これは書付には記しておりませぬ。決して外へお漏《も》らしになられぬように。手を組まねば薩摩や熊本などの大藩に対抗できぬ我らの仲ゆえ、お知らせするのでござる」

「承知いたしております」

「ご懸念には及ばず」

念を押した翁に、二人が首肯した。

「さきほどの御仁、瀬能どの。どうやら小沢どのと二人きりでの会合のようで……たまたま、わたくしも見世《みせ》におりましたので、お見かけしたのだがな」

翁が告げた。

「二人きりでなにを……」

「さすがにそれは無理でござる」

言われた翁が首を左右に振った。

「……しかし、二人だけでとは……」

難しい顔で沢山が唸《うな》った。

「加賀の裏切り者と新参者……」

伊東が腕を組んだ。

「寝返りの勧誘……」

「逃げ出してからの加賀の内情の確認……」

伊東と沢山が考えを口にした。

藩から逃げ出すのは、武家にとって重罪である。なにせ、今まで禄《ろく》をくれていた主君に後足で砂を掛ける行為なのだ。まさに忠義の根本を揺るがすことで、決して許されない。

「上意討ちが出たかどうか……」

逃げた家臣が世間を大きな顔で歩いているというのは、主君の恥になる。逃亡する者が出た藩の多くは、上意討ちを命じている。

敵討ちよりも上意討ちは重い。どちらも目標を殺すまで藩への帰参が認められないのは同じであるが、大きな違いがあった。

敵討ちは、なせなくとも急《せ》かされず、罰せられない。これは、敵討ちは個人の問題でしかないからである。

対して上意討ちは、藩主の命《めい》なのだ。藩命は、なにをおいても果たさなければならない。藩主公の堪忍袋《かんにんぶくろ》の緒《お》が切れるまでに、上意討ちをすまさなければ、咎《とが》められる。下手すれば、今度は己が上意討ちの対象になりかねない。

当然、上意討ちを命じられた者は、必死になる。

「ご老中の家臣を討つなど、いかに百万石の加賀どのでもできますまい。藩の体面を気にせずともよろしいでしょうに」

伊東が述べた。

「表向きはの」

翁が嘆息した。

「表向き……」

沢山が首をかしげた。

「やり方はいろいろございましょう。藩士を浪人扱いにして討っ手とする。あるいは、金で無頼などを雇う。闇討ちにする。どれも使えましょう。なにせ、小沢どのがどこにいるかはわかっておるのでございますぞ」

普通の上意討ちは、相手を探すところから始めなければならない。罪を犯した者は、逃げるか、身を隠すかのどちらかを取る。堂々と道を歩く、吉原で遊女をあげて派手に遊ぶなどできない。江戸だけで数十万人はいるのだ。見つけ出すだけでも至難であった。

「堀田家から苦情がでませぬか」

「証拠さえ残さねば、言い逃れはいくらでもできましょう」

首をかしげた沢山に翁が答えた。

「瀬能どのを与《くみ》しやすしと見ましたか」

伊東が納得した。

「情報を求めたのであれば」

「では、寝返りを」

「儂《わし》はそう思っておりまする」

確認した沢山に、翁が告げた。

「では、すでに瀬能どのは」

「わかりませぬが……」

伊東の確認に、翁が声を潜《ひそ》めた。

「恐れは十分あると」

「…………」

無言で翁が首肯した。

「そうならば、加賀どのに恩が売れますな。新たな裏切り者を教えてさしあげることで」

沢山が利を悟った。

「どうやって確かめましょうや」

「方法は一つ。久しぶりに外様組会合を開いていただく」

伊東の質問に、翁は答えた。

「外様組会合……薩摩が我らの言葉で動きましょうや」

沢山が難しい顔をした。

「…………」

一同が沈黙した。

二

堀田備中守のもとには、連日加賀の要求の詳細が報告されていた。

「小沢の話か」

集まった情報に堀田備中守が肩の力を抜いた。

「だけならば放置してもよいが……」

「今後加賀の誘いはいかがに」

興味を失った堀田備中守に、留守居役が尋ねた。

「そうよな……加賀の目を摑《つか》まえておける意味はあるが、そればかりでは、こちらも他の大名どもの動静を把握できなくなる」

留守居役は外交をおこなう。外交とは、交渉はつけたしであり、下準備段階で勝負に出ることが肝要であった。

「これ以上留守居役を加賀で浪費するわけにはいかぬ」

「では、今後は加賀の相手をせずと。相手が納得いたしましょうか」

留守居役が堀田備中守に疑問を呈した。

「代わりに余が出る。前田と会う。手配をいたせ」

堀田備中守は、小沢が数馬との遣《や》り取《と》りを有利に進めるために約束していた前田綱《つな》紀《のり》との会談を認めた。

「よろしゅうございますので」

留守居役が目を剝いた。

綱吉の襲撃で注目を浴びている前田家と会う。それも綱吉の後見人である堀田備中守がである。その影響は江戸城を揺るがすほどのものになる。

「ひそかにだ」

「難しいことを……」

主君のつけた条件に留守居役が困惑した。

江戸城で老中が密談をする場所は、黒書院溜《くろしょいんだまり》と決まっていた。将軍の謁見《えっけん》場所として使われる黒書院は、普段《ふだん》誰もいない。溜はその黒書院に隣接した部屋で、庭に突き出すようにして作られていた。三方を庭に囲まれ、出入りを黒書院側に限定された溜は、余人の接近が難しく、話の内容が外に漏れにくい。代わりに、そこへ二人が入ったというのは、隠せなかった。

黒書院付近は、各大名や役人の部屋に近く、絶えず他人目《ひとめ》がある。なにより、溜はお城坊主によって管理されている。城中でもっとも口の軽いお城坊主である。堀田備中守と前田綱紀が溜に消えたことを、その日のうちに江戸の城下にまで広めるのはまちがいなかった。

「溜以外となりますと……」

「城中ではないわ」

思案し始めた留守居役を堀田備中守がたしなめた。

「まさか、お屋敷に招かれるので」

さらに留守居役が驚いた。新たな権力者である堀田備中守の屋敷は注目されている。前田綱紀が訪れるのを隠すのは無理であった。

「いいや、どこかてきとうな場所だ。そなたたちが使うところでよい」

「なにを仰《おお》せになられますか」

留守居役と同じように宴席でいいと言った主君に、家臣は驚愕《きょうがく》を通りこしていた。

「そなたたちの使う駕籠《かご》で出向けば、目立つまいが」

堀田備中守のいうのも一理あった。留守居役は駕籠に乗れる身分である。屋敷から駕籠で、吉原や品川へ足を運ぶことも多い。

「……むうう」

主君の前も忘れて、留守居役が唸《うな》った。

「小沢をこれへ」

手だてのない留守居役たちを見限った堀田備中守が小沢を呼び出した。

「なにか」

「してのけよ。誰にも気づかれぬよう、余と前田を会わせるのだ」

あわてて顔を出した小沢に、堀田備中守が命じた。

小沢は困惑していた。主君に前田綱紀と会ってやってくれと頼んだこともあり、無謀と言える命《めい》に反抗できなかったのだ。

「吉原は使えぬ。駕籠で大門は潜《くぐ》れぬ」

小沢が候補を減らした。苦界と呼ばれる吉原は、世間とは何もかもが違った。大門のなかでは、世俗の身分は通じず、老中といえども駕籠で乗り付けることはできなかった。

「品川は他人目が多すぎる」

江戸から半日たらずで遊んで帰ってこられる品川は、東海道《とうかいどう》の宿場というのもあり、人通りが絶えなかった。どこで、誰に見られるかわからない品川も会談場所としてふさわしくはなかった。

「加賀の智恵を借りるしかないか」

小沢は、妾《めかけ》に手紙を持たせ、数馬を呼び出した。さすがに自ら足を運ぶ気にはなれなかった。

ほとんどの藩邸では、門限でないかぎり、通行は認められていた。御用聞きを始めとする商人の出入りもあり、町人でも行き先だけ告げれば、まず止められることはなかった。

「ごめんくださいませ。瀬能さまのお長屋はこちらでございましょうか」

小沢の妾まさが、数馬の長屋を訪れた。

「はい。瀬能は当家でございまする。あなたさまは」

佐奈が応対に出た。

「わたくし堀田家留守居役の小沢兵衛《ひょうえ》の係人《かかりびと》でまさと申しまする。主《あるじ》より瀬能さまへの手紙を預かって参りました」

「係人……はい」

すぐに佐奈が理解した。

「主、ただいま御殿に詰めておりまする。返事はいかように」

佐奈が訊いた。

「無用とのことでございまする。では、たしかにお渡しをいたしました。ごめんくださいませ」

用件はすんだとまさが帰っていった。

「なかなか心得ている妾のようでございますね」

引き留められていろいろな話を訊かれる前に、すばやく立ち去ったその対応を佐奈は褒めた。

「返答が不要……嫌でも応じるしかないということでしょうか」

佐奈は手紙を懐へ仕舞《しま》い、留守居控へと向かった。

佐奈が来たことに驚いた。

「どうした」

相変わらず一人で控に残されていた数馬は、佐奈が来たことに驚いた。

「これを小沢さまの係人どのが……」

佐奈が手紙を差し出した。

「ご苦労であった」

「…………」

ねぎらわれても佐奈は動かなかった。

「中身を知りたいと」

「…………」

無言で佐奈が数馬を見つめた。

「おまえは琴どのか」

琴の姿を数馬は感じた。

「今、読む……ほう」

数馬は驚いた。

「困った。六郷どのも、五木どのも、出かけておられぬ」

上役二人は、今日も留守居役としての任で出ていた。

「村井どのに」

そのまま手紙を放置して、数馬は控を出ていった。

「私信ゆえでございますか」

わざと手紙を置いていったと佐奈は理解していた。小沢の手紙は数馬あてである。これが加賀藩留守居役とでもあれば、厳重に秘さなければならないが、私信ならば放り出しても問題にはならない。

「では、拝見を」

佐奈が手紙に目を落とした。

数馬より報《しら》せを受けた村井は、その足で綱紀のもとを訪れた。

「なんだと、小沢が堀田備中守どのとの密会を申してきただと」

綱紀も驚愕した。

「城中でも吉原でも、品川でもないところか……そのようなところはないぞ」

条件に綱紀も苦吟《くぎん》した。

「お寺はいかがでございましょう」

「寺か……」

村井の提案に綱紀が思案した。

「それが無難かの。どこぞ、よいところはあるか」

「加賀と縁《ゆかり》の寺では、目立ちましょう。堀田家縁でも同じ」

注目されている二人の行列が、同じ刻限に同じ寺へ入れば、勘ぐられる。

「かといって、縁もないところでは、話が漏れかねない」

寺も世俗とは無縁ではない。

「金でしばるしかございませぬ」

口止め料を出せばと村井が言った。

「それ以上積まれたら、あっさりと口を開くぞ」

金で封じた者は金に転ぶと綱紀が言った。

「ではどういたしましょう。せっかく備中守さまよりお声を掛けてくださった好機でございまする。できませんでは……」

今回を逃せば、まちがいなく堀田備中守との密会はなくなる。数馬が作った貸しを返すというのを断わった形になる。最初で最後の機会だと、村井は述べた。

「わかっておるわ……」

難しい顔で綱紀が腕を組んだ。

「瀬能」

「はい」

一人無言でいた数馬に、村井が顔を向けた。

「なにか案はないのか。そなたも留守居役であろう」

溺《おぼ》れる者は藁《わら》をもつかむ。村井が尋ねた。

「案と言われましても……他人目を忍ぶとなれば、妾宅《しょうたく》を利用するくらいしか……」

数馬は五木から教えられたことを口にした。

「これっ」

村井が数馬を止めた。

「妾宅とはなんだ」

聞き逃さなかった綱紀が問うた。

「あっ……」

留守居役には妾宅の費用が出る。これは表向きの話ではない。それを藩主の耳に入れてしまった。数馬は慌《あわ》てた。

「申せ」

数馬の態度から、なにかを感じ取ったのか、綱紀が厳しく命じた。

「じつは……」

身を小さくして数馬は答えた。

「なるほどの。留守居役同士でひそかに会いたいときに妾宅を利用するか。ふむ」

「殿……」

また思案に入った綱紀を数馬は窺《うかが》った。

「安心いたせ。遊びで使う金ならば許さぬが、それくらいで目くじらを立てるほど、加賀は貧しておらぬわ」

綱紀が咎めないと述べた。

「殿、なりませぬぞ。百万石の主が、家臣の妾宅に行くなど」

考え始めた綱紀に、村井が釘を刺した。

「家臣ではない」

「まさか……」

否定した綱紀の発言に、村井が顔色を変えた。

「小沢は、藩を裏切った悪人でございまする」

「それがどうした。使えるものならば、かまうまい。刃物だからといって包丁を遠ざけはしまいが」

否定する村井に綱紀は嘯《うそぶ》いた。

「万一ということがございまする」

「あるものか。備中守どのも招くのだ。なんの心配もないわ」

「その備中守さまが……」

村井が懸念を強く主張した。

「余を害するとでも申すか。ありえぬな」

一言のもとに綱紀が否定した。

「なぜでございましょう」

「今回、余と密談したいと言ってきたからよ。これから我が世の春を謳歌《おうか》する堀田備中守が、なんのために余と会うのだ。その暇《いとま》もないくらい忙しいはずだ」

「それはそうでございましょうが……」

村井も同意した。

次の執政筆頭と目されている堀田備中守だが、弱みはあった。

兄堀田正信《まさのぶ》の失策である。幕府の許可なく領国へ帰る勝手帰国は、謀反《むほん》と同じ扱いを受ける。三代将軍家光に殉死《じゅんし》した父加賀守正盛《かがのかみまさもり》の忠義をもって、死を免じられたとはいえ、その罪は消えていない。

「謀反人の弟を執政筆頭にするなど」

と反対意見がかならず出てくる。正論だけに、無視もできない。とはいえ、堀田備中守も執政筆頭になりたいがため、下馬《げば》将軍とまで怖れられた酒井雅楽頭に反して、綱吉を五代将軍に推した。今さら、身を引けるわけなどなかった。

「あちこちに顔を出し、利を持って仲間に誘う。他に、脅《おど》しで従わせなければならぬ相手も多いだろう。これらをこなしてようやく執政筆頭の座が得られる。それこそ、寝る間もないほど忙しいはずだ。それなのに余と会う。味方ではない余とな。そこに理由がないはずはなかろう」

綱紀は、堀田備中守の誘いが、決して数馬と小沢の約束を果たすためではないと言っていた。

「わからぬか。堀田備中守は余に共闘を求めてきたのよ」

「共闘……誰と戦うと」

村井が首をかしげた。

「加賀と堀田を目の敵《かたき》にしている強敵といえば……」

「酒井雅楽頭《うたのかみ》さま」

思わず、数馬は叫んでいた。

「そうじゃ」

綱紀が首肯した。

「先日は、そなたを排したが、それに気づくようなれば、聞かせてやろう」

数馬の同席を綱紀が認めた。

「お世継ぎさまが、西の丸で忍《しのび》に害されかけたのは知っておるな」

「加賀忍の道具を遣《つか》ったと」

確かめるように訊いた綱紀に数馬が応じた。

「そうじゃ。誰がそれをさせたかということだ。もちろん、加賀ではない」

加賀忍の一人が、その前に市中で殺され、道具一式を奪われるという事態が起こっていた。そのときに奪われた手裏剣《しゆりけん》が、使われたと綱紀は見ていた。

「加賀忍を襲って殺しただけならまだしも、江戸城西の丸に忍びこみ、お世継ぎさまの枕元に手裏剣を撃つ。瀬能、なにかおかしいと思わぬか」

「おかしい……でございますか」

主君に質問を投げられて、数馬は考えた。

「……お世継ぎさまが無事」

「そうだ。加賀忍は一人で侍三人分の働きをするといわれるほどの腕利きである。その加賀忍を討ち、さらに甲賀者《こうがもの》、伊賀者《いがもの》が守る城中に入り込めるほどの者が、油断していたお世継ぎさまを害すのを失敗するはずはない」

大きく綱紀が首を縦に振った。

「では、わざとしくじったと」

数馬が息を呑《の》んだ。

「おそらくな」

「しかし、殿。それではつじつまがあいますまい。加賀忍を殺し、奪った武器でお世継ぎさまを狙わせた。これは加賀に疑いを着せ、同時にお世継ぎさまを葬るという一石二鳥の策でございましょう。それを酒井雅楽頭さまがお考えになられたならば、少なくともお世継ぎさまを害さないとは考えられませぬ」

村井が疑念を口にした。

「そこが問題よ。たしかに酒井雅楽頭が零落を防ぐには、お世継ぎさまを亡き者とするしかない。綱吉公を殺し、その後釜に息のかかったお方を入れれば、雅楽頭は失脚せず、復権する。失敗できぬはずなのじゃ。それがわからぬ。おそらく堀田備中守も、それで悩んでおるのだ。ゆえに、余と話をする気になった。策が成功していたら、まちがいなく前田と堀田は滅んだはず」

「では……」

数馬は綱紀の顔を見上げた。

「共通の敵を探し出すために、一時休戦しようということだろう。そして、互いが手にした話を教えあうことで、相手を確定したいというところではないか」

綱紀が語った。

「ゆえに、他人に見られるわけにはいかぬ。瀬能」

「はっ」

数馬は手をついた。

「手配をいたせ」

「よろしゅうございますので」

綱紀の命《めい》だが、数馬は確かめずにはおられなかった。

「加賀の命運がかかっておる。余の命《いのち》、そなたに預ける」

「はっ」

侍冥利《さむらいみょうり》に尽きる言葉であった。数馬は平伏した。

三

数馬は綱紀の命で留守居役控から出た。

「おぬしでだいじないか」

「儂が代わろう」

六郷と五木が大いに懸念したが、綱紀の指示である。結局は認めざるを得なくなった。

数馬を迎えた小沢兵衛が、己の妾宅を会談場所にという提案に絶句した。

「そのようなことできようはずもない」

「なぜでございましょう。会談を望まれたのは備中守さまで、場所を問われたのは貴殿でござる」

開き直った数馬はそっちの責任だと返した。

「とはいえ、ここで備中守と加賀公をお会わせするなど……場所もないし、警固《けいご》はどうする」

「人二人でござる。六畳でたりましょう。それに互いに相手を信じてはおりませぬゆえ、湯茶飲食も不要。目立たず他人に気づかれぬならば、ここに備中守さまと加賀守がおられるなどと誰も思いますまい。警固も少数で腕の立つ者を用意するだけですみましょう」

「無茶を言う」

長く留守居役を続け、加賀から堀田へ渡ったほどの老練な小沢が困惑した。

「もっともこれも備中守さまが否《いな》やと申されたならば、なかった話でござる」

堀田備中守次第だと数馬は述べた。

「そのときは会談場所はそちらで提供願いましょう。こちらは一案提示いたしました。次はそちらの番でござる。反対だけを言うなど、子供でもできましょう」

断るなら代案を出せと数馬は迫った。

「くっ……」

小沢が数馬を睨みつけた。

「留守居は五分と五分でございまする」

「……わかった。殿に伺う」

小沢が折れた。

無謀ともいえる提案を聞かされた堀田備中守が妙案だと笑った。

「わかった。明後日《あさって》の夕刻七つ半（午後五時ごろ）にと伝えよ」

老中の執務は昼八つ（午後二時ごろ）までである。執務を終えて屋敷に帰っても十分間に合う。

「警固はいかにいたしましょう」

「多くては目立つ。余の駕籠を直接守る者は四人でよい。それ以外の陰供《かげとも》をあらかじめ配置しておけ」

堀田備中守が小沢に任せた。

「承知いたしましてございまする」

ただちに小沢が動いた。

「警固のことは、供頭《ともがしら》どのに。まさかはその日実家に帰すか」

上屋敷から妾宅へ戻りながら、小沢は差配《さはい》を考えていた。

「おおそうだ。猪野兵庫《いのひょうご》にも申しつけておかねばな。加賀公と出会っては面倒だ」

小沢が妾宅ではなく、辻《つじ》の奥にある町長屋へと足を変えた。

「おるか」

「誰だ」

「追っ手か」

いきなり引き開けられた戸障子に、なかの三人が慌てた。

「小沢どのか」

太刀の柄に手を掛けていたもと加賀藩士猪野兵庫が、肩の力を抜いた。

「驚かせたか。すまぬな」

詫《わ》びながらも小沢は頭を下げなかった。

「なにか。瀬能を討ち取ってもよくなりましたか」

猪野が問うた。

三人の男は、加賀藩士二人と一門前田孝貞《たかさだ》の臣一人であった。綱紀将軍世継ぎ推挙の騒動で、藩主一門の前田直作《なおなり》を殺そうとして、数馬と敵対した結果、藩に戻れず、江戸で浪々の身になった。その生活の金を小沢からもらうようになり、配下と同様の扱いを受けていた。

「いや、明後日、妾宅に近づくなと申しつけに来ただけじゃ」

小沢が冷たく告げた。

前田直作に敵対していた当時の加賀藩江戸家老から預かった三人の使えなさに小沢は辟易《へきえき》していた。何度も数馬を襲いながら、一度も成功していない猪野たちを切り捨てていないのは、まだ使い道があると考えているだけであり、もと同僚としての誼《よしみ》などではなかった。

「なにかござるのか」

「おぬしたちにはかかわりのないことだ。ではの」

問うた猪野に、答えず小沢は出ていった。

「猪野どの、いくらなんでもあの態度は……」

板野《いたの》が憤《いきどお》った。

「金主だ。文句を言うな」

苦い顔で猪野が板野を制した。

「明後日なにがございましょう」

前田直作と対立している前田孝貞のもと家臣高山《たかやま》が首をかしげた。

「今まで、そのようなことはございませなんだ」

「うむ。呼び出されてばかりで、来るなと言われたのは初めてじゃ」

猪野も不思議そうな顔をした。

「妾と一日戯《たわむ》れるつもりでございましょう」

唾棄《だき》しそうな表情で、板野が言った。

「だったら閂《かんぬき》をかけるだけでいい。閉まっている妾宅の戸を叩くほど無粋ではない」

猪野が板野の意見を否定した。

「気になるの」

「まさか、瀬能が来るのでは……」

高山が口にした。

「ありえるな」

「手出しをするなと釘を刺されておりますぞ」

顎《あご》に手を当てて思案し始めた猪野に、板野が首を左右に振った。

数馬のお陰で前田直作を殺し損ね、藩から追放された三人である。その恨《うら》みは深い。数馬を討ち、それを手柄に国元へ戻り、前田孝貞の庇護《ひご》を受けようと、何度も戦いを挑んでは排除されてきた。そのうち、堀田家の都合で数馬への手出しを禁じられてしまった。

帰参の夢を断たれたにひとしい三人の鬱積《うっせき》は溜《た》まっていた。

「……どうする」

猪野が二人の顔を見た。

「逆らえば、小沢どのにも見捨てられましょう」

強く反発していながら、金主を失うことを板野が気にした。

「見に行くだけならよかろう」

「それですみまするか」

猪野の提案に高山が懸念を表した。

「行きは見逃そう。帰りならば問題あるまい」

「しかし、小沢さまより……」

「我らがやったとわからねばよい」

反対しかけた高山を猪野が抑えた。

「現場を見られぬ限り、言い逃れはできる。なにより、瀬能を討てば国に帰れる。前田孝貞さまがどうにかしてくださろう。本多の手を奪ったのだ。さらに江戸で瀬能がしてきたこと、藩を逃げた小沢と手を組んでいたと国元に告げれば、本多も連座はまぬがれぬ。さらに瀬能と親しかった前田直作も巻き込めよう。さすれば、前田孝貞さまの席次は上がる。我らは功労者だ」

「帰れる……」

「…………」

猪野の言葉に、板野と高山が顔を見合わせた。

多忙な老中の都合を、綱紀はすなおに呑んだ。もちろん、藩主が暇だからではない。藩主には藩主の仕事がある。藩政を家老たちから聞き、適切な指示を出したり、献策を認めたりしなければならない。他にも他家とのつきあいもある。すべてを家老や寵臣《ちょうしん》に丸投げしてしまえば、一日遊べるが、それは家中の乱れを呼ぶ。なにかあれば、加賀を潰《つぶ》してやろう、前田を遠国へ飛ばしてやろうと考えている幕府に隙を与えるわけにはいかないのだ。若くして藩主となった綱紀は、藩老の本多政長の教育もあって、政《まつりごと》に熱心であった。

とはいえ、老中が忙しいのは公務であり、藩主の内政とは格が違う。

前田綱紀は、堀田備中守との会合のための準備を始めた。

「警固は、数馬の他に四人にいたせ」

「少なすぎまする」

村井が蒼白《そうはく》になった。

「代わりに、加賀忍どもをあらかじめ配しておけ」

「しかし……」

綱紀の命に村井が不満そうな顔をした。

「目立つわけにはいかぬのだ。藩の命運がかかっている。堪忍《かんにん》せい」

「せめて、わたくしにもお供を」

村井が願った。

「ならぬ。吾《われ》になにかあったとき、そなたがおらねば、江戸屋敷がもたぬ。横山玄位《はるたか》では務まらぬ」

厳しく綱紀が拒んだ。

「……はい」

渋々《しぶしぶ》村井がうなずいた。

「瀬能、わかっておるな」

村井が数馬を睨みつけた。

「吾が命に代えましても」

「そなたごときと比せぬわ。きさまは死んでもかまわぬ。なんとしてでも殿は守りとおせ」

決意を表した数馬を、村井が叱《しか》りつけた。

「無茶を言うな。死んでしまえば、主人を守れぬぞ」

綱紀が嘆息した。

「そろそろ出る」

「はっ。お駕籠を」

すでに乗り物は用意されていた。もちろん、藩主や一門が乗る漆塗《うるしぬ》りの立派なものではなく、せいぜい上士が使うといった黒塗りの駕籠であった。

「揺らさぬようにいたせ」

陸尺《ろくしゃく》も普段と違い二人だけである。駕籠は担《かつ》ぐ人が増えれば、揺れにくくなる。対して二人では、息をよほど合わさなければ、ひどく揺れた。

「行ってくる」

心配しすぎる村井に、あきれた綱紀が駕籠に乗りこんだ。

「門を半分だけ開けよ」

加賀藩上屋敷の大門が中途半端な隙間を作った。これも綱紀の外出を隠すためであった。

「…………」

門を出たところで、数馬は石動《いするぎ》の姿を確認した。

わからぬようにしているとはいえ、藩主公の行列には違いないのだ。いかに腕が立つとはいえ、陪臣《ばいしん》になる石動を供に加えることはできず、陰供として少し離れたところに置いた。

武家の門限に近い七つごろは、人通りも多い。おかげで、綱紀の乗った駕籠は目立つことなく、小沢の妾宅まで無事に着いた。

「ここからはお歩き願いまする」

妾宅は表通りに面していない。他人目を忍ぶため、路地の隅にあるのが定番であった。

数馬は、路地の手前で綱紀に声をかけた。

「うむ」

綱紀が駕籠から出た。

先祖前田利家も曾祖父《そうそふ》徳川秀忠も大柄であった影響か、綱紀も五尺五寸（約百六十五センチメートル）と上背がある。警固の藩士に囲まれたが、頭一つ出た。

「馬鹿な……」

少し離れたところから、小沢の妾宅を見張っていた猪野が絶句した。

「猪野どの……」

板野も蒼白であった。

「なんでござる」

一人陪臣の出である高山がわからないとうろたえた。

「殿……」

「見まちがえではありませせぬな」

猪野と板野が顔を見合わせた。

「……殿……げっ」

高山が驚愕した。

猪野は加賀藩で平士、板野は平士並《なみ》である。ともに士分であり、国入りした綱紀を見ている。対して高山は陪臣で、綱紀の顔を知らない。

「瀬能もいたな」

「おりました」

「それはたしかに」

三人が声を潜めた。

「殿の前で瀬能を襲うわけにはいかぬ」

猪野が首を横に振った。

「まさに。そのようなまねをしたならば、二度と帰参はかないませぬ」

狙うのは数馬だけとはいえ、綱紀の行列に撃ちこむことになるのだ。謀反人扱いされて当然であった。

「どうしましょう」

高山が困惑した。

「猪野どの、この機を利用して、殿に直訴《じきそ》いたしましょう」

「直訴か」

板野の提案に、猪野が考えた。

「このような機はございませぬぞ。直接殿のお許しをいただければ、帰参はかないまする」

「しかし、我らは藩から放逐《ほうちく》を命じられたのだぞ」

猪野が顔をゆがめた。

「そこは誠心誠意我らの思いをお伝えするしかございますまい」

板野が言った。

「我らの衷心《ちゅうしん》をおわかりいただければ……」

「前田直作を狙ったのだぞ。藩主一門の」

「佞臣《ねいしん》を除くのは当然のことでございましょう。殿はご聡明でござる。理《ことわり》を尽くしてお話しすれば、きっと」

二の足を踏む猪野を板野が説得した。

「猪野どの。この機を逃せば、二度と殿にお目通りはかないませぬ。このまま、小沢に使われる毎日でよしとされまするか」

板野が猪野に迫った。

「……わかった」

猪野がうなずいた。

四

妾宅にはすでに堀田備中守がいた。

「お待たせをいたし、申しわけございませぬ」

「いや、約束の刻限にはまだ間がある。よく来たな」

頭を下げた綱紀に、堀田備中守が気にするなと応えた。

「一同、下がれ」

他人払《ひとばら》いを堀田備中守が命じた。

「…………」

堀田家も前田家も家臣たちは動かなかった。

「下がれ。この場で争いなどない。瀬能、そなたが指揮をせい」

綱紀が手を振った。

「はっ。ご一同、隣室で」

数馬は妾宅のなかまで付いてきた警固の二人を促した。

「小沢、そなたもだ」

「わかりましてございまする」

主君から命じられた小沢がうなずいた。

「……さて」

町家の六畳間に老中と百万石の太守が二人というありえない図ができた。

「挨拶もくだらぬ世間話も無用である」

「もちろん」

二人はすぐに用件へ入った。

「まず、大前提である。そなたは将軍になりたくはないのだな」

「なりたいならば、雅楽頭さまのご推挙にしたがっておりまする」

確認された綱紀が答えた。

「状況が変わった今、それだけでは信じられぬ」

厳しく堀田備中守が睨んだ。

「あのときは、酒井雅楽頭の傀儡《かいらい》になるという条件がついていた。だが、その雅楽頭が失脚した」

「……お疑い深いことだ」

綱紀が苦笑した。

「仰せの通り、あのまま雅楽頭さまのご推挙に従っていれば、数年で殺されたでしょうな。雅楽頭さまが求めていたのは、真の将軍が現れるまでの繋《つな》ぎでしかなかった」

「真の将軍だと。綱吉さまでないとすれば、甲府綱豊さまか」

堀田備中守が身を乗り出した。

「違いましょう。綱豊さまを五代将軍になさりたいならば、わたくしごときを当て馬にせずともかないましょう。綱豊さまには、世間を納得させるだけの名分がございましょう」

「綱吉さまよりも長幼の序でまさると」

「さようでございまする。備中守さまも綱豊さまであれば、ご反対はなさいますまい」

「できぬな」

四代将軍家綱の弟で三代将軍家光の三男であった綱重が興《おこ》した甲府家は、家光の四男であった綱吉の館林家よりも格は高い。

「備中守さまは、綱吉さまでなくてもよろしかったはず」

「……………」

堀田備中守が黙った。

「家光さまのお血筋であれば……」

堀田備中守は、家光最大の寵臣堀田加賀守正盛の息子であると同時に、春日局の養子である。弟忠長に三代将軍の座を奪われそうになっていた家光を守るため、命を賭けた乳母春日局の薫陶《くんとう》を受けて育った。

二つの状況を見れば、堀田備中守の本心がどこにあるかはわかる。堀田備中守は、家光の血筋を将軍にしたいだけであった。

「あの夜、酒井雅楽頭さまに気づかれず、家綱さまのもとまで連れてこられるのが、綱吉さまだけだった。綱豊さまがおられる竹橋《たけばし》御殿は、一度廓《くるわ》をでなければならない」

「それ以上は口にするな」

低い声で堀田備中守が綱紀を制した。

「はい」

綱紀は退いた。

「加賀守よ」

堀田備中守が綱紀を見た。

「今後、二人きりで話をする機会は二度とない」

「ございますまい」

綱紀が同意した。

「腹を割ろうではないか。そこで一つ決めよう。この場では決して偽《いつわ》りを申さぬと」

「それはよろしゅうございまするが、お答えできぬときはいかがいたしましょう」

なにからなにまで喋《しゃべ》るわけにはいかない。綱紀が質問した。

「沈黙したときは、その話を終える。それでどうじゃ」

「……けっこうでございまする」

堀田備中守の出した条件を綱紀は了承した。

「では、最初に訊こう。加賀がお世継ぎさまを襲ったのではないな」

「もちろんでございまする。加賀は、未来永劫、将軍位に野心を持ちませぬ」

「未来永劫とは大きく出た」

「吾《わ》が遺訓として、子々孫々まで伝えまする」

綱紀が保証した。

「ならば、これを見せよう」

堀田備中守が懐から手ぬぐいを出し、綱紀の前で拡げた。

「手裏剣……これがお世継ぎさまの」

「うむ。枕元より五寸（約十五センチメートル）右にな」

確認した綱紀に、堀田備中守が首肯《しゅこう》した。

「よいが、気を付けろ。先に毒が塗られていた」

「手にとっても……」

「毒が……」

綱紀が手を引っ込めた。

「みょうでございますな」

「ああ」

なにも言わない先から堀田備中守が首肯した。

「先日、江戸屋敷に配している加賀忍が一人、殺されましてございまする」

「江戸屋敷に何人加賀忍はおる」

話し始めた綱紀に、堀田備中守が問うた。

「上屋敷に四人、中屋敷に六人、下屋敷に四人、合わせて十四人でございまする」

嘘《うそ》を吐くなという約定《やくじょう》に従って、綱紀が答えた。

「意外と多いな」

「今、諸大名の戦場は江戸でございますれば」

綱紀が告げた。

「で、加賀忍が殺されてどうした」

己で遮《さえぎ》っておきながら、堀田備中守が先を促した。

「手裏剣や苦無《くない》と申す忍び道具などが奪われましてございまする。このことについては、忍としてではなく、藩士の死として町奉行所より遺体を引き取りました記録がありまする」

嘘ではないと綱紀が付け加えた。

「そのときの手裏剣か。で、その殺された加賀忍は腕が立ったのか」

「腕が立たねば、江戸屋敷に配せませぬ」

「それもそうだな」

堀田備中守が納得した。

「一つお伺いいたしまする。江戸城には忍の守りが」

「ある。内廓だけだがな。甲賀と伊賀の警固がある。西の丸も伊賀が少ないとはいえ、守っている」

今度は堀田備中守が述べた。

「となるとだ。腕の立つ加賀忍を討ち、道具を奪った者が、甲賀の目を潜り、伊賀の守りを抜いて、お世継ぎさまを襲ったことになる」

「はい」

綱紀も首を縦に振った。

「それがむざむざ手裏剣を外すとは思えませぬ」

「お世継ぎさまのご威光に腕が震えた……ないな。威光というものは、ふさわしいだけの背景が身に付いて初めて出るものだからな」

堀田備中守がさりげなく綱吉を馬鹿にした。

「……………」

それへの返答を綱紀は避けた。

「あり得ぬな」

「刺客としてあまりに不覚悟、あるいは不十分でございましょう」

二人の意見が一致した。

「忍を殺せるのは忍だけ。相当な数で攻めるならばまだしも、少数で戦うとなれば、普通の武士では忍を殺せぬとのこと」

綱紀が付け加えた。

「となれば、加賀忍を討ったのは忍……伊賀者か」

「おそらく。そうであればつじつまがあいまする」

「むうう。たしかに、伊賀者なれば、堂々と内廓にも入れるし、西の丸の警固も外せる。なにせ仲間なのだからな」

堀田備中守が独りごちるように言った。

「しかし、妙手よな。お世継ぎさまを害し、その罪を加賀に背負わせる。将軍候補二人を一気に葬りされる。それだけではない。加賀は謀反扱いとなって改易じゃ。幕府に百万石と能登《のと》の湊《みなと》が手に入る」

「ご存じでございましたか」

能登の湊と特定された。これは抜け荷していることを知られている証拠であった。

「珠姫《たまひめ》さまの一行に付いていった者が報せてきたらしい」

堀田備中守が続けた。

「安心せい。これで加賀が咎められることはない。よほど派手にやらぬ限りはな。二代将軍秀忠さまがお許しであったからの」

「秀忠さまが……」

「よほど遠国に出した珠姫がおかわいかったのでござろうよ」

堀田備中守が語った。

「かたじけないことでございまする」

抜け荷御免《ごめん》を教えてもらったのだ。綱紀はほっと息をついた。

「となると、わざと外したとなりまする」

話を綱紀が戻した。

「誰が伊賀者を動かしたかだが」

言いながら堀田備中守が綱紀を見た。

「嘘は申さぬと誓いましてございまする。加賀の自作自演ではありませぬ」

心外だと綱紀が抗議した。

「すまぬな。これも執政の性《さが》だ」

頭を下げず、口だけの詫びを堀田備中守がした。

「甲府ではないな」

「…………」

さすがに同意は難しい。相手は家綱の甥《おい》なのだ。綱紀はふたたび黙した。

「二人きりだ。遠慮は要らぬ」

堀田備中守が述べた。

「おそらく違いましょう。甲府さまならば、きっと止《とど》めを刺されましょう」

「ああ。でなければ意味がない。甲府公がお世継ぎさまを脅しても、意味がない。まさか、将軍とは命を狙われるものだから、怖ければ世継ぎの座を辞退せよなどという愚かな考えからではあるまい」

「脅すよりも害したほうが後々の面倒もございませぬ」

「だの」

身も蓋《ふた》もない綱紀の言葉に、堀田備中守が賛成した。

「では……」

「わたくしの口からはちょっと」

言わそうとした堀田備中守に、綱紀が首を左右に振った。

「手堅いの」

「でなければ、加賀は生きていけませぬ」

苦笑する堀田備中守に、綱紀が応じた。

「したたかよな」

「褒めていただいていると考えても……」

「ふん。褒めておるわ。まったく、なぜそなたは加賀の当主なのだ。一族ていどならば、どこぞ適当な譜代の養子にして、吾が懐刀としたものを」

堀田備中守が残念だと言った。

「だが、実際は敵じゃ」

「敵対するつもりはございませぬ」

「だが、現実よ」

「はい」

綱紀も認めた。

「どうだ。加賀を分けぬか。そなたと一門の誰かで百万石を二つに割って五十万ずつ。一つを九州か四国に移せば、加賀は敵でなくなるぞ」

百万石なればこそ、怖ろしい。五十万石でも大藩だが、遠く離れてしまえば協力できなくなるうえ、代を重ねるうちに他人となって疎遠になる。五十万石になれば、幕府の敵視も消えると堀田備中守が誘った。

「お断りいたしまする。加賀は百万石であることに意味がございまする。祖父利常《としつね》の悲願でもありまするし」

綱紀が拒んだ。

加賀前田家は二度百万石を割ったことがあった。

一度目は、初代藩主前田利家《としいえ》が死んだとき、加賀藩は嫡子利長《としなが》に八十三万石、弟の利政《としまさ》の二十一万石に分割された。だが、関ヶ原で弟の利政が西軍に与し、改易。その所領を功績代わりに与えられ、百万石に復帰した。

二度目は三代藩主利常が家督《かとく》を継いだときであった。隠居した利長が、富山城と二十二万石をもっていった。これでふたたび、前田家は百万石を割った。利長は利常の嘆願に応じて死の直前、十万石を本家に返還、なんとか百万石に復したが、あのまま利長が死んでいれば、幕府に富山二十二万石を収公《しゅうこう》されたかもしれなかったのだ。

「わかっておるのか」

「承知いたしておりまする」

断れば、今後もいろいろと手を出すぞと言った堀田備中守に、綱紀がうなずいた。

「わかった。この話は二度とせぬ」

「畏《おそ》れ入りまする」

綱紀が一礼した。

「雅楽頭だな」

不意に堀田備中守が口にした。

「…………」

「さっさと退けば、よいものを。無駄《むだ》なあがきをしてくれる」

黙った綱紀を無視して堀田備中守が言った。

「城中の噂も、あやつだろうな。まだまだ影響力は大きいか」

「……よろしゅうござるか」

「なんじゃ」

独り言を続けていた堀田備中守に、綱紀が声をかけた。

「じつは、先日……」

綱紀は寄合旗本横山長次《ながつぐ》に数馬が連れ出された一件を語った。

「寄合旗本の横山長次、加賀の横山の分家が……」

「申しわけなき仕儀ながら……」

綱紀は横山長次とのかかわりも話した。

「褒美《ほうび》は譜代大名への出世か」

「と横山玄位が申しておりました」

綱紀は数馬から話を聞いた翌日、横山玄位を呼び出し、事情を聞いていた。

「陪臣を直臣にできるのは、お世継ぎさまだけ……」

「甲府公もその力はお持ちでございましょう。お世継ぎさまを亡き者にできれば、次の将軍は甲府公のみ。条件が付くとはいえ、約束できましょう」

堀田備中守の話に、綱紀が付け加えた。

「だが、甲府の疑いはない」

「はい」

さきほど二人で否定したばかりである。

「お世継ぎさまが、前田を潰《つぶ》すために」

「口を慎め」

綱吉の企《たくら》みではないかと言った綱紀を、堀田備中守が怒鳴りつけた。

「失礼をいたしました」

綱紀が謝罪した。

「手裏剣を撃ちこまれたときのご様子からもそれはない。なによりも館林と伊賀の接点がない」

堀田備中守が否定した。

「伊賀を使え、陪臣を直臣にあげるだけの力を持つ……」

「大政委任のご大老」

二人が顔を見合わせた。

「ほかにおらぬわ。おのれ、雅楽頭、いや、伊賀者じゃ。素知らぬ顔で……」

綱吉の前で伊賀者の頭《かしら》と交わした遣り取りを堀田備中守が吐《は》き捨てるように語った。

「そのようなことが」

聞いた綱紀があきれた。

「ばれぬはずなどございますまいに」

「余を甘く見たな」

堀田備中守が怒っていた。

「その報いはいずれくれてやる。だが今は、お世継ぎさまをお守りせねばならぬときだ。我慢するしかない」

伊賀に痛撃を与えて、反抗されては綱吉の身が守れなくなる。堀田備中守が唇《くちびる》を嚙《か》んだ。

「よろしゅうございますので。伊賀は裏切るかも知れませぬぞ」

一度襲ったのだ、雅楽頭に使役されている伊賀者の警固に信用はおけまいと綱紀が懸念を口にした。

「もう大丈夫だ。本丸へお移りいただいたからの。伊賀者の数も十分おるし、なにより組頭の服部《はつとり》が請け負った。これでお世継ぎさまに毛ほどでも傷が付けば、伊賀は潰れる。いや、余が根絶やしにしてくれる」

暗い笑いを堀田備中守が浮かべた。

「…………」

堀田備中守の権力は、綱吉あってこそのものである。堀田備中守の妄執《もうしゆう》を見せつけられた綱紀が絶句した。

「で、どうするのだ、加賀は」

酒井雅楽頭の策への対応を堀田備中守が問うた。

「なにもいたしませぬ。直接加賀へ手出しをなさったわけではございませぬ」

「家中へ楔《くさび》を打ちこんできたぞ」

不満げに堀田備中守が述べた。

「だからこそでございまする。家中へ手を、楔を打ちこまれたと思うからこそ、こちらも身構えまする。対抗しようと動けば、隙も生まれまする。なにもしなければ、糠《ぬか》に釘となりましょう。三代利常の過去に倣《なら》うわけではございませぬが、わたくしも見えぬ鼻毛を伸ばそうかと」

前田家の危なさをよく理解していた利常は、わざと江戸城中で鼻毛を伸ばした阿呆《あほう》のまねをして、天下を狙えるほどの器量はない、放置しておいても問題ない相手だと幕府を油断させようとした。果たして効果があったかどうかはわからないが、前田家は無事に受け継がれてきている。綱紀は、祖父のまねをして、家中の危機に気づかぬ愚か者を装い、酒井雅楽頭の手をいなすと告げた。

「ふうむう」

堀田備中守がうなった。

「妙手であろうな。だが、それは外様だからできることだ」

「はい。備中守さまはお使いになれぬ手でございまする」

「ああ。施政者は舐《な》められては終わりだ。手出しをしてきたならば、二度とその気にならぬほどの痛い思いをさせねばならぬ」

「どうなさるかは、伺わぬことといたしまする」

「賢明じゃの」

かかわりたくないと言った綱紀を堀田備中守が褒めた。

「さて、あまりときをかけるわけにはいかぬ。我らが会っていることに誰も気づかぬとはかぎらぬ」

「仰せのとおりでございまする」

終わりにしようと告げた堀田備中守に、綱紀は従った。

「儂のなかで、加賀は白くなった。が、そのことをお世継ぎさまにお知らせするわけにはいかぬ」

「お疑いになられまするか」

「お世継ぎさまは、命を狙われたのだぞ。疑心暗鬼になって当然じゃ。そこに余と加賀守が二人きりで会って、話をしたなどと申しあげてみよ。納得なさるよりも、余をお疑いになられるだけじゃ」

「無理もございませぬ」

綱紀も理解した。

「ゆえに、お世継ぎさまが、加賀にお手だしをなさるのを余は止めぬぞ」

「少しはお手助け願いたいところでございますが」

「余も己のことで手一杯だ。甘えるな」

冷たく、堀田備中守が断じた。

「加賀には切り札が二枚あろう。それをうまく使うことだ」

「二枚……本多も犠牲にしろと」

堀田備中守の言いぶんに、綱紀が頬《ほお》をゆがめた。

「決断するのは、そなただ」

そう述べて堀田備中守が腰を上げた。

「一度、城中でそなたを咎める。噂を知りながらなにもせぬわけにはいかぬ」

準備しておけと堀田備中守が言い残し、出ていった。

「…………」

平伏して見送った綱紀が、顔をあげた。

「関ヶ原の合戦の裏を、徳川の策を証明する直江状《なおえじよう》。これが表に出れば、大事になる。たしかに、これを幕府に返すことで一度は藩を救えよう」

上杉討伐が、豊臣激発のための策略であり、関ヶ原の合戦が始まる前から直江山城《やましろの》守兼続《かみかねつぐ》と本多佐渡守正信《さどのかみまさのぶ》が裏で連絡を取り合っていた。もし、この事実が天下に知れれば、徳川の名声は地に墜ちる。

「もう一度は本多を差し出せばすむか」

幕府、いや徳川家康の闇をすべて背負ってきた本多佐渡守は、幕府にとって都合の悪い相手であった。なにせ、徳川の裏を熟知しているのだ。家康が取った後ろ暗い手段、それは本多佐渡守が指揮した。そのため本多佐渡守が死んだ直後、本多家は幕府の粛清《しゆくせい》にあった。本多佐渡守の直系は、死に絶えた。唯一陪臣となって加賀に仕えていた本多政重《まさしげ》だけが代を継いだ。これは陪臣に将軍は直接手出しできないという身分の壁のお陰であった。

「本多家には、徳川の知られたくない過去が眠っている」

徳川家康最大の謀臣といわれた本多佐渡守が、己亡き後を想像できなかったはずはない。現実、嫡男《ちやくなん》の上野介正純《こうずけのすけまさずみ》には、三万石以上の加増は断れと遺言している。身を小さくすることで、幕府の風当たりを少なくしようとしたのだ。だが、その遺言を無視して宇都宮《うつのみや》十五万石の主となった上野介は、吊《つ》り天井で二代将軍秀忠を謀殺しようとしたという、読み物のような疑いで潰された。

「本多政重を加賀へ仕えさせたのも、策だ。百万石の加賀のうちへ入れることで、いざというとき前田を刺す刃《やいば》として使えると幕府に思わせ、子を守ろうとした。堂々たる隠密とは、本多が自ら流した異名」

綱紀は加賀の本多家の有り様をしっかりと読んでいた。

「直江状も本多家にある。それを瀬能に見せ、その瀬能を留守居役にした。いずれ、直江状のことが瀬能の口を通じて幕府へ伝わるようにしたのだな、政長は。切り札があると堀田備中守に報せるためか。いきなり前田を潰しにかかれば、幕府も痛い目に遭《あ》うぞとの警告……」

小さく嘆息しながら綱紀も腰をあげた。

「怖ろしいな、本多の知は、いや血は。琴を後添えに召さずしてよかった」

綱紀の正室、会津藩主保科正之《ほしなまさゆき》の娘摩須姫《ますひめ》は、十歳で嫁いできて十六歳で若死にしていた。それ以降、綱紀は継室を迎えていない。

「本多の血を引いた息子……とんでもないことになるわ」

綱紀は小さく首を振ってから、手を叩《たた》いた。

「帰るぞ」

「はっ」

襖《ふすま》を開けた数馬が頭を下げた。

「苦労せい」

一言告げて、数馬の前を綱紀が通り過ぎた。

よく顔を見られる場所へと動いた猪野たちは、最初に小沢の妾宅を出た身分ありげな武家が綱紀ではないと見逃した。

「違う」

「誰であろう」

「たとえ将軍でも、我らにはかかわりない。放っておけ」

疑問を口にした板野を、猪野が叱った。

「ああ……出てきた。瀬能だ」

首をすくめた板野が、すぐに小沢の家の戸が開いたのに気づいた。

「続いているのが……殿だ。行くぞ」

「おう」

「はい」

猪野の号令で三人が駆けだした。

「誰だ」

「何者か」

綱紀の警固に付いていた加賀藩士がすぐに対応した。

「平士の猪野兵庫でございまする」

代表して猪野が名乗った。

「猪野……」

聞き覚えのある名前に、綱紀が首をかしげた。

「きさまら……よくも、殿の前に顔を出せたな」

数馬が間を遮った。

「どけ、瀬能。殿に直訴するのを邪魔するな」

猪野が怒鳴った。

「瀬能、説明いたせ」

綱紀が尋ねた。

「なんじゃ……」

綱紀と直接言葉を交わすわけにはいかない。咎められても許されても、立場に問題が出る。そのため見送りに出ていなかった小沢が、騒動に気づいた。

「……猪野、きさまら」

小沢が驚愕した。

「どうぞ、殿、我らの尽忠《じんちゆう》をお聞き届けいただき、なにとぞ帰参をお許し下さいませ」

「……一門を襲ったのが尽忠だと」

数馬から事情を聞いた綱紀があきれた。

「前田直作どのは、加賀を腐らせまする。加賀を幕府に売り、その代償として、己が大名になろうといたしておりました。我らはそれを防ぐため、命をかけた忠義を……」

「帰るぞ」

途中で綱紀は相手にしないと告げた。

「殿……」

「寄るな」

警固の藩士が三人に太刀を向けた。

「むううう」

ここで応戦すれば、藩主に刃を向けたことになる。それこそ、謀反人であり、己だけでなく一族まで咎めを受ける。

「いや、ここで殿を亡き者にすれば……」

綱紀を殺し、新たな藩主を生み出す。

「富山あたりから藩主を迎えて……うまくいけば、帰参どころか、出世もあり得る」

虐《しいた》げられることの多い分家の当主は、いつか本家を継ぎたいと考えているものだ。

一瞬猪野が殺気を放った。

「勝てるとでも思うか」

数馬は切っ先を猪野の顔に模《ぎ》した。

「くっ」

いくつもの白刃が三人に牙《きば》を剝いていた。まだ柄に手をかけていないからこそ、生きている。刀に手を伸ばした瞬間、命は断たれる。気づいた猪野が呻《うめ》いた。

「きさまら、来るなと申したはずだ」

ようやく我に返った小沢が、猪野を怒鳴りつけた。

「うろんな者どもだ。瀬能。討ち取れ」

小沢と口を利《き》くわけにはいかない。綱紀が数馬に命を下した。

「はっ」

首肯した数馬は、太刀を上段に振りあげた。

「ちいい。やむをえん。斬りぬけるぞ」

猪野が、板野、高山に宣し、柄に手をかけた。

「小沢」

そこへ堀田備中守が供を引き連れて戻ってきた。

「これは殿……」

あわてて小沢が膝《ひざ》をついた。

「殿……堀田備中守さま」

さっと猪野の顔色が青くなった。

「加賀守、借りておく。この場は収めてくれぬか」

ここで争闘が起こり他人に見られれば、堀田備中守もまずい。まだ執政筆頭ではないのだ。大老になれるというときに、足を引っ張る要因は避けたい。堀田備中守が折れた。

「わかりましてございまする」

堀田備中守への貸しは大きい、綱紀がうなずいた。

「帰るぞ」

「はっ」

数馬を始めとする加賀藩士が太刀を鞘《さや》へ仕舞《しま》った。

「今だ」

太刀を抜こうとした猪野に、堀田家の家臣が近づいた。

「殿の前でなにをする気だ。我らと戦うと」

「うっ……」

老中の家中と揉めれば、江戸にもおられなくなる。

「猪野、下がれ」

小沢が猪野の手を押さえた。

「……行ったか。この愚か者めが」

綱紀の姿が辻から消えたのを確認した堀田備中守が、小沢を叱った。

「加賀に借りを作ってしまった。この埋め合わせはきっとさせる。この馬鹿どもをしっかりと躾《しつけ》ておけ」

「よろしゅうございますので」

猪野たちを咎めないと言った堀田備中守に、小沢が訊いた。

「加賀相手の捨て駒くらいにはなろう」

「捨て駒……」

聞いていた猪野が唇を嚙んだ。だが、老中に陪臣がなにかを言うわけにはいかなかった。

「戻るぞ。余計なときを喰《く》った」

堀田備中守が、無念そうな猪野たちを無視して、踵《きびす》を返した。

第五章　寵臣《ちょうしん》の交代

一

諸大名には月並《つきなみ》登城が定められていた。なにもなくとも江戸に在している大名の当主は、毎月朔日《ついたち》、十五日、二十八日に登城し、決められた伺候席《しこうせき》にいなければならない。

なかでも八月朔日は、徳川家康が江戸へ入った記念日であり、八朔《はっさく》の日として格別とされ、このときばかりは、多少の病《やまい》をおしても登城しなければならなかった。

といったところで、家綱が死に、まだ綱吉は将軍ではない。目通りをする相手もなく、登城した大名たちは無駄にときを潰《つぶ》し、下城時刻を待った。

「お先に失礼する」

まず大廊下上の間に詰める御三家が出ていき、続いて綱紀の番であった。

「御免《ごめん》を」

越前《えちぜん》福井藩主松平綱昌《つなまさ》に一礼して、綱紀は大廊下を後にした。

「加賀守《かがのかみ》」

江戸城玄関へ向かおうとしていた前田綱紀に、堀田備中守《びっちゅうのかみ》が声をかけた。

「これは備中守さま」

綱紀は先夜のことをおくびにも出さず、ていねいに腰を折った。

「少し話がある」

堀田備中守が綱紀に側《そば》へ寄れと手招きをした。百万石の主《あるじ》に対し、無礼な態度であるが、老中にはこれだけの権が許されていた。

「……備中守さまが、加賀公を」

「あの噂《うわさ》のことか」

下城しようとしていた大名で混雑している玄関近くでの行動に、周囲の注目が集まった。なかには綱吉が加賀の忍に殺されかかったという噂を知っている者もおり、興味津々《しんしん》であった。

「なんでございましょう」

堀田備中守の正面に立った綱紀が話を促した。

「加賀には忍《しのび》がおるか」

「おりまする」

「おおっ」

堀田備中守の問いに首肯した綱紀を見た周囲がざわついた。

「役に立つか、忍は」

「使いようでございましょう」

二人の会話は続いた。

「我が家中には忍がおらぬのだ。使いようで役立つならば、欲しいと思う」

「ご執政筆頭さまともなられれば、伊賀者をお使いになれるのでは」

綱紀が話に合わせて、質問をした。

「たしかにそうなのだがな。公務以外で忍を使いたいときもあろう」

「…………」

堀田備中守の答えに、周囲が息を呑《の》んだ。公務以外、それは表沙汰《おもてざた》にできない役目である。この場でそれを言う意味が、綱吉を害そうとした忍のことを示していると誰もが気づいた。

るし」

「ございまするな。家中の者の非違《ひい》を確かめるなど、いろいろ使いようはございます

綱紀の返答も、周りの注意をひいた。加賀の家中で探られるとすれば、まず堂々たる隠密と言われる本多家しかない。綱紀は幕府への警戒を緩めていないと告げたと、聞いていた者が受け取って当然であった。

「なるほどな。そこで、加賀守に頼みがある」

「なんなりと。わたくしにできることでございますれば」

綱紀が引き受けると言った。

「加賀忍を貸してくれぬか。少し手元に置いて使ってみたい」

「なにっ」

「うおう」

一斉《いっせい》に野次馬が騒いだ。

加賀忍を手元に置く。それは加賀忍の手による謀殺を気にしない、いや、否定したも同然であった。つまり、綱吉の枕元に手裏剣《しゅりけん》を投げたのが、加賀ではないと堀田備中守が認めたのだ。言明したわけではないが、次の執政筆頭、将来の大老の対応は、城中の噂を打ち消すに十分であった。

「二人ほどでよろしゅうございますか」

「よいぞ」

綱紀の確認に堀田備中守が首を縦に振った。

「では、近日中にお屋敷へ向かわせまする」

「頼んだぞ。足を止めて悪かったな、加賀守」

頭を下げず、言葉だけの礼を口にして堀田備中守が去っていった。

「借りは返したか……」

口のなかで綱紀が呟《つぶや》いた。

先日まで加賀が世継ぎを殺そうとしたとの噂が城中を席巻していた。それが半日で払拭《ふっしょく》された。

堀田備中守の行動には、それだけの意味があった。

「では誰が……」

噂は下手人探しへと変化した。

「加賀以外にお世継ぎさまを狙うのは……」

皆の意識は一人に集約された。

「酒井雅楽頭《うたのかみ》さま……」

証拠もなにもないが、誰もがそう考えた。

加賀でなければ、酒井雅楽頭、短絡ではあったが、それだけに説得力も強かった。

「なにがあった」

本人が登城していなくとも、留守居役《るすいやく》は溜《たまり》に詰める。今まで加賀藩の留守居役に向けられていた興味が、こちらに来た。

酒井家の留守居役は戸惑い、急いで主君に報告した。

「……かわされたか」

酒井雅楽頭は、小さく嘆息した。

「加賀と備中守さまが手を組んだのでは」

「違うだろう。執政筆頭と幕府最大の敵前田家が手を組むことはない。もっとも利害が一致したときは別だがな」

酒井雅楽頭が小さく首を振った。

「しかし、堀田備中守にそれだけの器量があったとはな……」

「器量でございますか」

「加賀に忍を貸せと言ったそうだな。忍ほど信用できぬものはない。忠義ではなく金で雇われる。そんな輩《やから》を手元に置く。いつ寝首を掻《か》かれても不思議ではない」

「逆に加賀忍を裏切らせることもできましょう」

「裏切るような者を貸さぬだろう。いや、裏切られることも考えに入れているはずだ。十分、それに対する策も講じているだろう」

酒井雅楽頭が否定した。

「それにな、堀田備中守が加賀の忍を選んだのも大きい。忍が欲しいのならば、なにも外様の加賀に声をかけずともいい。幕府には伊賀《いが》と甲賀《こうが》がある。備中から言われたならば、どちらも喜んで応じたはずだ。それをあえて備中はしなかった」

「どういうことでございましょう」

留守居役が問うた。

「伊賀者への脅《おど》しよ。加賀忍が下手人でなければ、答えは一つだ。綱吉を襲ったのは伊賀者だと気づいているとの意思表示になる。もっとも証拠はないゆえ、咎《とが》めはせぬだろうが、伊賀にとってみれば、首を押さえられたに等しい。伊賀は備中守の言いなりになるしかなくなった。余《よ》の策は、今になってみれば悪手であった」

酒井雅楽頭が苦笑した。

「とはいえ、これほど備中に、執政としての能力があったとは。見事な動きだ。どこで加賀と打ち合わせたのか。気づかなかったわ。いや、気づけなかった。もう、余にそれを知るだけの力がなくなったということだな」

小さく酒井雅楽頭が息を吐いた。

「いかがいたしましょう。このまま放置していては……」

城中留守居溜に居づらくなった留守居役が、どうにかしてくれと縋《すが》った。

「わかっておる。このままでは、忠挙《ただたか》の家督《かとく》相続にも悪影響が出る」

腕を組んで酒井雅楽頭が思案した。

「要は今流れている噂を上書きできるようなものを流せばいい」

「新たな噂でございますか」

留守居役が確認した。

「そうだ。そして城中の噂を独り占めできるのは……登城するぞ」

酒井雅楽頭が、久しぶりの登城を宣言した。

「雅楽頭さまだと……」

大手門前から城中までは、小半刻《こはんとき》（約三十分）もかからない。昼前に酒井雅楽頭が御用部屋に着いた。

「いかがなされた」

「もう、よいのでござるか」

酒井雅楽頭の登場に、大久保加賀守、稲葉美濃守《みののかみ》ら老中が驚いた。

「まだ本調子ではござらぬが、やり残したことがござってな」

「やり残したこととということは……」

「身を退かれるか」

その意味するところを老中たちはしっかりと受け取った。

「なにをなさろうと」

堀田備中守が険しい顔をした。

「先代上様の御廟《ごびょう》についてでござる。寛永寺は祈願寺として建立《こんりゅう》されておるため、将軍家菩提寺《ぼだいじ》として必須の宿坊などに不足がござる。それを完成させる。それが、拙者《せっしゃ》最後のご奉公でござる」

「最後のご奉公……けっこうなご覚悟でござるな」

これを最後に引退すると宣言した酒井雅楽頭を、堀田備中守が称賛した。

「お任せいただけるかの」

「お心のままに」

確認した酒井雅楽頭に堀田備中守が首肯《しゅこう》した。

「では、早速《さっそく》普請奉行に申しつけましょう。将軍家の菩提寺にふさわしいだけの普請にせねばなりませぬゆえ、そこいらの外様には任せられぬ」

独り言を残して、酒井雅楽頭が御用部屋を出ていった。

酒井雅楽頭の訪問を受けた普請奉行からお手伝い普請の話は漏《も》れた。お手伝い普請を避けたい大名から、普請奉行にも付け届けはある。つまりお手伝い普請がなければ、普請奉行のもとに余得は入ってこないのだ。

普請奉行は、お手伝い普請の話を漏らすことで、付け届けを暗に要求するのである。

「将軍家菩提寺にふさわしい普請となれば、我が薩摩《さつま》か、仙台の伊達、熊本の細川《ほそかわ》、福岡の黒田《くろだ》、加賀の前田しかないな」

薩摩藩の留守居役が眉《まゆ》をひそめた。

外様大名の留守居役最大の任はお手伝い普請を避けることだ。

今回のお手伝い普請はまだ噂の段階である。ここで手を打っておかなければ、決まってしまってからでは遅いのだ。なにせ、将軍家菩提寺の格式を備えた普請となれば、その費用はまちがいなく十万両をこえる。今、それだけの金を出せる余裕など、薩摩にはない。

「なんとか他藩に押しつけなければならぬ」

もし、これを避けられなかったならば、留守居役は責任を取って切腹しなければならなくなった。

留守居役が思案した。

「そういえば、高鍋《たかなべ》の秋月と佐伯《さいき》毛利から外様の会合を久しぶりに開いてくれと来ていたな」

ちらと溜の隅で小さくなっている小藩の留守居役たちのほうへと薩摩の留守居役が目をやった。

「伊集院《いじゆういん》どの」

見られていると気づいたのか、一人の留守居役が近づいてきた。

「これは翁《おう》」

溜で最年長の登場に、伊集院と呼ばれた薩摩の留守居役が敬意を表した。

「お聞きになりましたようでございますな」

「お手伝い普請でござるか」

「さよう。ところで、伊集院どのは、加賀前田さまの新しい留守居役をご存じか」

「いや」

話題を振りながら、違うことを問うた翁に怪訝《けげん》な顔を見せながら、伊集院が否定した。

「お会いになる機会がございませぬか。同格でも近隣でもなければ、ここでしか顔を合わせませぬが、その御仁《ごじん》は未だ留守居溜にお見えではございませぬし」

翁が述べた。

「それがなにか……」

「いや、じつは先日、その御仁とお目にかかったのでござるがな。お若いからか、留守居役の任に慣れておられぬようでござってな」

「慣れていない……それは」

そこまで言われて気づかぬようでは、留守居役など務まらない。

「その場に伊東どのと沢山どのもおられた」

「……………」

無言で翁が肯定《こうてい》した。

「なにかございましたか、その場で」

「ちと、恥を掻かされました。接待にけちをつけられましたのでござる」

翁が憤《いきどお》ってみせた。

「なるほど。若者が百万石の力を背に、翁どのを……いけませぬな」

伊集院が口の端をつりあげた。

「お願いできますかの」

「外様の集まりを久しぶりにいたしましょうか。若者に作法を教えてやるのも先達《せんだつ》の役目」

翁の願いに、伊集院が首肯した。

二

百万石の加賀前田家は、並み居る外様大名とは別格であった。なにせ、その祖は徳川家康を唯一抑えることのできた利家なのだ。

奥州の雄伊達政宗の血を繋《つな》ぐ仙台藩も、関《せき》ヶ原《はら》の合戦で西軍総大将を務めた毛利家長州藩《ちょうしゅうはん》も、前田家には一歩引かざるを得ない。

だが、前田家は外様大名の筆頭ではなかった。

外様大名を代表するのは、薩摩島津家であった。石高でも、将軍たる徳川家との縁でも、加賀が勝る。それでも外様大名の尊敬では、薩摩島津家に及ばない。

「関ヶ原で負けていない」

薩摩の島津は、関ヶ原で西軍に属しながら、最後まで抵抗し、国を削られなかった。それが譜代ではないとして冷遇されている外様大名たちの憧憬《どうけい》を集めていた。

「百万石とはいいながら、さっさと徳川に膝《ひざ》を折った」

豊臣恩顧《おんこ》の大名のなかには、そう前田家を冷たく見る者もいた。

当然ながら、外様留守居役たちの集まりでも、島津家が人気となる。

「いかがでござろう、久しぶりに顔を合わせたいと思うのだが」

城中留守居溜で、薩摩島津家の留守居役伊集院が、熊本細川《ほそかわ》家の留守居役に誘いをかけた。

「そろそろよろしゅうござろう。先代さまの喪もあけましたしの」

細川家の留守居役も同意した。

四代将軍家綱の死去から四十九日が過ぎ、城下に出された普請、音曲停止《おんぎょくちょうじ》の沙汰《さた》は取り消された。自粛《じしゅく》していた留守居役たちの会合も普段の姿へ戻ろうとしていた。

「外様組の集まりは一年半ぶりでござるか」

留守居役には、いくつかの組がある。石高や格が似通っている同格組、領地や江戸での屋敷が隣り合っている近隣組が主たるものだが、もう一つ、それらの枠組みをこえたものがあった。外様組である。これは、外様大名の留守居役で作られ、石高には関係ない。一万石から加賀百万石までが加入していた。

とはいえ、正式な組というよりは、幕府の冷遇への愚痴《ぐち》を言い合うためのものであり、藩にとってさほど利益のある会合ではないだけに、そうそう開催はされなかった。

「主人役はお任せしてよいかの」

伊集院が、細川家の留守居役に依頼した。

「もちろんでござる。場所は、吉原の山本屋《やまもとや》でよろしゅうござろうか」

手配をするのも貸しになる。小さな貸しだが、外交にとって損ではない。どこかで返してもらえる。これくらいの計算ができなければ、留守居役など務まらない。

「細川家で留守居役を十五年されている牟田《むた》どののご手配とあれば、まちがいない」

伊集院が賞した。

「では、早速《さっそく》お誘いして参りましょう」

牟田が腰を上げた。

「拙者も」

「是非《ぜひ》、ご一緒させていただきたい」

声をかけられた外様の留守居役たちが、参加を表明した。

「お手数をおかけいたす」

加賀前田家の留守居役六郷大和《ろくごうやまと》もそのなかにいた。

「六郷どのよ」

島津家の留守居役伊集院が声をかけた。

「なんでござるかの。伊集院氏《うじ》」

辞を低くして六郷が応じた。

外様組の用でなければ、六郷は伊集院よりも格が上になる。主君が江戸城に与えられている席でいけば、前田家は御三家に次ぐからであった。ただし、外様組となれば、立場は逆転する。もちろん、幕府の決めた格が正式なもので、外様組のものは私的なものでしかなく、無視したところで別段咎められることなどないが、世間との和をなによりの任とする留守居役である。ときと場合、状況によって、それを使い分けるくらいはなんでもなかった。

「貴家に新任の留守居役がおったでござろう。まったく、溜にも会合にも顔を出しておらぬようだが」

伊集院が尋ねた。

「瀬能でござるな。まだ若く、とてもお歴々の前でお役目ができるとは思えませぬゆえ、今は雑用をさせておりまする」

六郷が答えた。

「留守居役は、集まりに顔を出すのもお役目でござろう。それでは、人としての繋がりができませぬぞ。いかがでござろう。本日の会合に呼ばれては」

「それはよい」

隣で二人の話を聞いていた細川家の留守居役牟田が手を打った。

「かたじけない仰《おお》せではございますが、あいにく、瀬能は本日、殿の命《めい》で出ておりまして……」

申しわけなさそうに六郷が告げた。

「主君の御用とあればいたしかたないの」

伊集院が認めた。

「いや、せっかくのお誘いでござったのに、すまぬことでございまする。いずれ、こちらからお招きをいたしましょう」

いつとは明言せず、六郷が逃げた。

「加賀どのが、席を」

わざとらしく伊集院が驚いた顔をした。

「設けさせていただきましょう」

「それは楽しみでござる」

「まことに」

首肯した六郷に、伊集院と牟田が手を叩《たた》いた。

「そろそろ秋も深まってきたころでござる。いかがかな、紅葉でも見物しながらというのは」

時期を特定しないようにしていた六郷へ、伊集院がもちかけた。

四代将軍家綱の死から、三ヵ月、すでに暦《こよみ》は八月に入り、秋の気配が濃くなっていた。

「それはよい。よろしいかの、六郷どの」

牟田が伊集院の提案にのった。

「紅葉でござるか……」

期限をきられた六郷が思案した。

「となれば、少し離れたところがよろしゅうござろうな。それも紅葉を楽しまねばならぬとなれば、野外。昼席……」

六郷が悩んだ。

「……しばし、ご猶予《ゆうよ》を願えますかな」

しばらく考えた六郷が求めた。

「結構でござる。いきなりで趣向も難しゅうござろう。加賀どののなさる紅葉観賞、どれほど見事なものになるか、楽しみにいたしておりますぞ」

さすがにこれ以上、無理難題を押しつけるのはまずかった。他人目《ひとめ》のある留守居溜のことだけに反発されやすい。伊集院が引いた。

「では、御免を」

六郷は己の席と決めている座へと戻った。

「なぜ瀬能の話をしだした……」

席で一人になった六郷が、伊集院の言い出したことの違和を探っていた。

「いずこの藩でも、人事はある」

留守居役は、幕府役人、他藩の留守居役との折衝《せっしょう》を任とする。その仕事の性質上、人嫌いな者、人付き合いの苦手な者、そしてなまりが強すぎる者は就任させられない。ために、留守居役は一度就任すると、かなり長期になりやすい。

だが、留守居役も世代交代していく。

歳を取るだけでなく、留守居役からさらに上、用人あるいは家老へと抜擢《ばってき》されていく者も出る。欠員が出れば補充するのは当たり前である。そうそうないとはいえ、新任の留守居役はいた。

「だが、瀬能を名指しで出せというのは、みょうだ」

六郷が表情を険しくした。

名指しで宴席に呼ばれる留守居役もいる。座持ちのうまい者、一芸を持つ者である。

「久しぶりに何々どのの詩吟《しぎん》を聴きたいものじゃ」

「何々どののお話が楽しみでの」

そう言われるようになれば、留守居役としては成功である。もっとも、芸や笑い話で重きを置かれることはないため、いつまでも組での扱いは軽いが、それでもしくじりはなくなる。

しかし、新参で慣れていない者が名指しされるのは、ありえなかった。

慣れていない者は、留守居役のしきたりを知らない。いや、詳《くわ》しくない。席順などは、手慣れた吉原の揚屋《あげや》を使えば、しっかりと用意してくれるが、宴席の最中まで手助けはしてくれない。心利いた芸者や遊女が助け船を出してくれることはあっても、それをあてにするのはまずい。

盃《さかずき》の受けかた一つでも、揉《も》めるのが留守居役の組である。先達から順に下っていく慣例を、わざとずらして咎め立て、新参いじめをする者がいるのも組なのだ。

そして、新参とはいえ、留守居役がおかした失敗は、藩の責任となる。

「貸しでござる」

この一言で数万両が動く。

外様大名にとって、なにより嫌なお手伝い普請の押し付け合いで、譲らなければならなくなることさえある。

留守居役の組にとって、先達は主君よりも怖ろしい。先達を怒らせれば、組から外されることになる。誰にも相手にされない留守居役など、ただの役立たずに墜ちる。

一人では補いきれないからこそ、組を作って、それぞれの得た情報を交換して、できるだけ被害のない対応を藩に取らせる。これが留守居役の仕事であった。宴席で酒に酔うのも女を抱くのも、このためだからこそ、見逃されていた。

「外様組だというのが面倒だ」

六郷は険しい顔のまま呟いた。

同格組、近隣組は留守居役の経験年数で先達が決まった。これは入れ替えがあるということでもある。先達が隠居するかあるいは、転出すれば、その次に来るのは、まちがいなく辞めた先達とは別の藩なのだ。多少、いびつな形ではあるが、同格組、近隣組は、先達を持ち回りしている。おかげで、多少の揉め事はあっても、収まりやすい。

簡単な理屈である。あまり厳しいことをしてしまうと、次に相手が先達となったとき、しっかり復讐《ふくしゅう》される。下手すれば、倍返しを喰《く》らわされる。

しかし、外様組だけは、別であった。外様組は、薩摩が盟主と決まっている。前田家は次席であるが、筆頭でなければ、意味などない。筆頭の言うことが絶対であった。

「落としどころがない」

同格組などでのことなら、手打ちもしやすい。お互いさまとして、多少の損得で話をすませる。しかし、利害の相殺がない外様組はどこまでも追いこんでくる。

「瀬能を出すわけにはいかぬ」

藩主前田綱紀と筆頭家老の本多政長、加賀を代表する二人によって、瀬能数馬は留守居役になった。江戸詰《づめ》の経験が長く、世慣れた者という留守居役の条件には、まったく合っていない数馬である。座の乱れやすい紅葉観賞などという場にとても連れてはいけなかった。

「どう考えても、瀬能は留守居役として使いものにならぬ。殿も本多さまもなにを考えておられるのか」

六郷は嘆息した。

老中堀田備中守正俊は、御用部屋の主となっていた。

五代将軍綱吉の擁立《ようりつ》をなした最大の功臣である。その勢いは、まさに日が昇るといえた。

「備中守どの、この案件はどういたそうか」

「新しい大坂城代には、この者がよろしかろうと思うが、貴殿はいかがか」

大久保加賀守、稲葉美濃守ら堀田備中守よりも長く老中を務めている者たちが、なにほどのないことまで相談するようになった。

「お任せいたしましょう」

「ご貴殿のご推挙とあれば、わたくしに否《いな》やはございませぬ」

にこやかに笑いながら、堀田備中守はすべてを肯定し続けていた。

「寵臣《ちょうしん》は妬まれるのも仕事である」

三代将軍家光最大の寵臣であった亡父堀田加賀守正盛の言葉を、堀田備中守は忘れていなかった。

「いつかは、父に劣らぬ権威を」

そう思って、雌伏《しふく》してきたのが、堀田備中守であった。

堀田備中守は、加賀守正盛の三男になる。

三代将軍家光の男色相手を務めたことで、千石から十一万石まで出世した加賀守正盛は、世の理《ことわり》として、その死に殉《じゅん》じた。

命を差し出しての忠義は、武家にとって重い。そのため殉死者《じゅんししゃ》の遺族は格別な扱いを受ける。格別といっても、いきなり領土が増えるわけでもなく、なにかの褒美《ほうび》をもらうわけでもない。それをすれば、主君が死ぬたびに、報賞欲しさで腹切る者が溢《あふ》れてしまう。

ただ無事に相続が許されるだけである。それのどこが格別な扱いかといえば、次代も安泰だとの保証だからである。

殉死する家臣は寵臣である。寵臣は、その主君の死とともに滅びるのが慣例であった。寵愛を受けたことで得た禄《ろく》を返し、本来の禄にわずかな加増を足したていどまで格を落とされる。酷薄なようだが、これも子孫を守るためであった。

他人にまねのできない出世をした寵臣は、嫉妬《しっと》されて、憎まれる。寵愛をくれている主君が健在のときは、その傘《かさ》に覆《おお》われて無事でいられるが、亡くなって庇護《ひご》を失えば、一気に不満が噴出する。

「先代の御世において、わがままな振る舞いあり」

理不尽な理由で罪を着せられ、咎を受ける。加増分が取りあげられるならまだしも、下手すれば改易、運が悪ければ切腹させられることもある。

これを防ぐのが、殉死であった。

古来、日本人は死者をむち打つのをよしとしていない。死んでしまえば、まず、咎められなかった。

ましてや、主君の死出の旅路の供をする殉死は、忠義のさいたるものなのだ。もし、殉死した者を咎めたならば、武家の根本たる忠義を汚したことになる。

もっとも殉死には、死にいく主君の許可が要《い》った。許しなく切腹した場合は、殉死と認められず、罰せられた。こうしなければ、殉死で与えられる特権を目的に、腹切る輩がでてしまうのだ。これは算段腹《さんだんばら》と呼ばれ、嫌われた。

殉死は、主君が一緒に死んで欲しいと思った寵臣だけの特権であった。

家光にとって、それが堀田加賀守であり、阿部対馬守《つしまのかみ》たちだった。こうして堀田加賀守正盛は殉死、家督に嫡男正信へ譲られた。さらに三男正俊、四男正英《まさひで》にも禄が与えられ、それぞれが四代将軍家綱に取り立てられた。

このままでいけば、堀田家は徳川譜代として無事に歴史を重ねていけた。それを嫡男正信が壊した。兄の愚行が堀田備中守の出世を止めた。

堀田備中守は、加賀守正盛の息子という他に、もう一枚看板を持っていた。家光の命で義理の曾祖母《そうそぼ》にあたる春日局の養子とされた堀田備中守は、兄正信以上の引きを持っていた。すでに奏者番《そうしゃばん》に就任していた堀田備中守は表だって兄の影響を受けなかったが、家柄と能力に比して出世は遅くなった。

奏者番は、譜代大名の初役といわれるもので、これを経て寺社奉行、若年寄、老中へと出世していく。優秀な者ならば、一年ほどで寺社奉行を兼帯、三年から五年で若年寄へと転じていく。それを堀田備中守は十年、奏者番で据《す》えおかれた。さらに老中になるまで、そこから九年かかった。

酒井雅楽頭忠清も老中までかなり手間取ったが、これは家綱に付けられていた影響であり、家綱が将軍に就任して二年で老中、同日老中首座という破格の出世を遂げている。

「このままでは、生涯酒井雅楽頭の下に」

老中になって一年、家綱の死に直面した堀田備中守は恐懼《きょうく》した。

「徳川のお血筋は格別な家柄とし、将軍職は鎌倉の故事に倣《なら》い、京から宮家を迎えるべし」

酒井雅楽頭の発言を、傀儡《かいらい》の宮将軍を作り、執権北条《ほうじょう》になぞらえた酒井家を世襲の大老とするものと堀田備中守は受け取った。

「させてたまるか」

堀田備中守は、ひそかに家綱の末弟館林《たてばやし》宰相《さいしょう》徳川綱吉を登城させ、死の床にあった家綱に将軍職を譲れと強要した。

死の病に気力も体力も奪われていた家綱は、堀田備中守の求めに逆らえず、五代将軍綱吉が誕生した。

「これで余《よ》が大老だ」

酒井雅楽頭の野望を砕き、堀田備中守は勝ち誇った。

とはいえ、まだ綱吉は将軍宣下を受けていない。当然大老の任免権を持つ将軍が不在なのだ。堀田備中守も未《いま》だ老中のままであった。

君臣ともに、まだ安泰とは言えなかった。

「これはこうしたいと思いますが、いかがでござろう」

堀田備中守は辞を低くして、稲葉美濃守に問うた。

「いや、これはお見事な。けっこうでございましょう」

長く老中を務める稲葉美濃守が、露骨なほど堀田備中守を褒《ほ》めた。

「では、このように」

一礼して自席へ戻った堀田備中守は、一人になるなり口の端をゆがめた。

「昨日まで、新参者と笑っていたくせに、あっさりと手のひらを返す。矜持《きょうじ》というものを持たぬにもほどがあろう」

堀田備中守が罵《ののし》った。

「その点……」

すっと堀田備中守は、御用部屋の奥へと目をやった。

老中の執務室である上の御用部屋は、中央に大きな箱火鉢《はこひばち》を据え、その周囲に屏風《びょうぶ》で仕切った老中ごとの座が設けられている。普段は、この屏風の仕切のなかで仕事をし、誰がどのような案件を取り扱っているか、周囲からは見えないようになっていた。

その仕切のもっとも奥は、大老の席であった。

「余に媚《こ》びを売らぬだけ立派よな」

堀田備中守は酒井雅楽頭のその点は買っていた。

誰もが次代の寵臣にすり寄り、保身を図ろうとするなか、さっさと御用部屋を居場所ではないと見極めて、無駄なまねをしない酒井雅楽頭は潔いと堀田備中守は感じていた。

「だからといって、見逃しはせぬがの」

次代の寵臣となる者は、先代の寵臣の影響を排除しなければならない。でなければ、いつまでも、酒井雅楽頭の匂《にお》いが幕府に残る。

「余の色に天下を染め直す」

堀田備中守は決意した。

「ちと、御座《ござ》の間へ」

断りを入れて、堀田備中守が立ちあがった。

三

御用部屋と将軍の居間である御座の間は隣同士であった。

「お世継ぎさまに……」

西の丸から本丸へと移ったとはいえ、まだ綱吉は将軍ではなく、世継ぎである。堀田備中守は、表だって上様という敬称は使わなかった。

「お目通りを願いたい」

いかに老中でも、勝手に御座の間に入るわけにはいかなかった。堀田備中守は、御座の間下段襖《ふすま》外に控えている小姓番《こしようばん》に望みを通じた。

「しばしお待ちを」

すばやく小姓番が、動いた。

小姓番は将軍の側に控え、万一のときの盾《たて》になるのが役目である。毎日将軍の目に留まるため、旗本でも名門から選ばれ、目付《めつけ》や遠国《おんごく》奉行へと出世していく者も多い。それだけに気働きができなければならず、幕府の実力者が誰かを嗅《か》ぎ取る能力も求められた。

「お許しくださいまする。どうぞ、なかへ」

小姓番が堀田備中守を促した。

「うむ」

うなずいた堀田備中守は、御座の間下段中央へと進み、そこで平伏した。

「お世継ぎさまにはご機嫌うるわしく」

「よいよい。堅苦しい挨拶はせずともよい。余と備中の仲ではないか」

御座の間上段で、綱吉が手を振った。

「お言葉に甘えまして、上様」

無礼講でよいとの許可が出た。堀田備中守は、綱吉の呼称を替えた。

「そう呼ばれるのは面はゆいの」

綱吉が照れた。

「お慣れくださいますよう。もう、まもなく、京の朝廷より、勅使がお見えになりまする」

ほほえみながら堀田備中守が述べた。

「長かったの」

「さようでございましょうか。先代さまのときは、四月二十日に家光さまがお隠れになり、将軍宣下が八月十八日でございました。上様はそれより一ヵ月ほど早うございまする」

嘆息する綱吉に、堀田備中守が告げた。

家綱の臨終は五月八日で、綱吉の将軍宣下の予定は八月二十一日である。実質、十日ほどの差でしかないが、わざと堀田備中守はとぼけた。

「暦月《れきげつ》でいけば、そうだが……」

綱吉が不満そうな顔をした。

「相手は朝廷でございまする。もったいをつけねばやっていけぬのが、公家。将軍不在という天下の大事よりも、権威付けが重要なのでございまする」

「のう、備中」

「なんでございましょう」

堀田備中守が、綱吉に先を促した。

「もう天下は徳川のものとなって久しい。余で代も五代になる。もう、将軍などという権威は不要ではないか。なにより、徳川に抗《あらが》う愚か者はもうおるまい。薩摩も加賀も牙《きば》をうしなっているであろう」

綱吉が言った。

「仰せのとおり、天下に上様へ刃向かう愚か者はおりませぬ。いたとしても、この備中守が討ち果たしましょう」

「おう。そう申してくれるか」

己の意見を肯定された綱吉が喜んだ。

「ではございまするが……」

堀田備中守が声を潜《ひそ》めた。

「……ものども、遠慮せい」

すぐに綱吉が気づき、他人《ひと》払《ばら》いを命じた。

「これでよいか」

「けっこうでございまする」

確認する綱吉に、堀田備中守がうなずいた。

正保《しょうほ》三年（一六四六）生まれの綱吉に対し、寛永《かんえい》十一年（一六三四）誕生の堀田備中守は十二歳の年長になる。しかし、その遣《や》り取《と》りは親子のように見えた。

「上様、将軍は御旗《みはた》でございまする」

「旗などもう要《い》るまい。天下泰平ではないか。戦《いくさ》がなければ、旗は要らぬであろう」

綱吉が同じ論理を展開した。

「泰平だからこそ、御旗は要りまする」

「どうしてじゃ」

綱吉が訊いた。

「言い換えまする。将軍とは名分でございまする」

「…………」

無言で綱吉が、先を促した。

「将軍になれるのは、神君家康さまのお血筋だけ」

「危うく、宮将軍になりかけたがの」

堀田備中守の話に、綱吉が苦い顔をした。

「逆に言えば、家康さまの血筋であれば、誰でもよいとなりましょう」

「加賀か」

一層《いっそう》嫌そうに綱吉が頬《ほお》を引きつらせた。

「将軍は天下の主。天下すべては将軍のもの。そして、将軍はこの世に一人と決められておりまする」

「……正統だというわけじゃな」

「さすがでございまする」

読みとった綱吉を、堀田備中守が大仰《おおぎょう》に称賛した。

「徳川の一族に口だしさせぬため」

「はい。将軍は天下に一人。これは鎌倉以来のきまりごとでございまする。たくさんおられる家康さまのお血筋のなかで一人だけが将軍となれる。力なき朝廷の名前ばかりの承認ではございますが」

「余よりもきついの、備中は」

朝廷は飾りだと言った堀田備中守に、綱吉が苦笑した。

「一族どもの要らぬ野望を抑えるために、将軍位は要る」

「はい」

堀田備中守が認めた。

「もし上様が将軍になられず、江戸城の主だけでおられれば、甲府宰相《さいしょう》さまや、御三家方が吾《われ》こそはと朝廷に働きかけるやも知れませぬ」

「朝廷も馬鹿ではない。将軍を余以外に与えはせぬだろう。そのようなまねをすれば、どのような目に遭《あ》うかわかっておろう。京が幕府を敵に回せるはずなどない。それだけの武力も、胆力もない連中だぞ」

綱吉が嘲笑《ちょうしょう》した。

「朝廷は馬鹿ではございませぬ。どころか謀《はかりごと》の固まりでございまする。でなくば、応仁《おうにん》の乱以降の乱世を生き残ってはこられなかったでしょう。朝廷はなんでもいたしまする」

「なんでもと申すか」

綱吉が驚いた。

「はい。もし、朝廷が正しき血筋というものに重きを置いていたならば、豊臣秀吉の関白就任はありえませぬ」

「むうう。たしかに」

唸《うな》りながら、綱吉が認めた。

「百姓あがりの秀吉に位人臣《くらいじんしん》を極めた関白を与えた。これだけで朝廷がいかに正統というものを軽視しているかわかりましょう。もちろん、秀吉は朝廷に矜持を売り渡すほどの金を積んだでしょうし、武力で脅《おど》しもしたでしょう。ですが、これは言いわけにもなりませぬ。朝廷が頑《がん》として拒否すれば、秀吉といえども関白を強要はできなかったはず」

「秀吉が折れるか」

綱吉が首をかしげた。

「あきらめましょう。事実、秀吉は将軍宣下を断られておりまする」

「そういえば、そうであったの」

綱吉も思い出した。

豊臣《とよとみ》秀吉は主君織田信長が本能寺で明智《あけち》光秀《みつひで》に討たれた仇《かたき》をとったことで、頭角を現した。やがて織田家を乗っ取り、北条、薩摩を切り従えて天下を取った。織田信長麾下《きか》の足軽、いや、小者から成り上がり、ついに天下人にまで上り詰めた。

「将軍となって幕府を開く」

秀吉は当初、征夷大将軍への任官を求めていた。しかし、征夷大将軍は源氏でなければならないという慣例に阻まれた。そこで秀吉は室町幕府最後の将軍十五代将軍足《あし》利義昭《かがよしあき》の養子になろうとしたが拒まれ、やむを得ず豊臣の姓を下賜《かし》してもらい関白になった。

「慣例を盾《たて》にされ、将軍就任をあきらめた秀吉でございまする。関白就任も拒めたはず。それをしなかった。養子にするのを拒否した足利義昭はなんの罰も与えられておりませぬ。関白になるためにと五摂家の枝に繋がる菊亭大納言《きくていだいなごん》の養子になりましたが、それも拒めたはず」

菊亭大納言とは、今出川晴季《いまでがわはるすえ》のことだ。藤原《ふじわら》北家閑院流《かんいんりゅう》の流れを汲《く》み、清華家《せいがけ》七家の一つとして、太政大臣《だじょうだいじん》まで上る格式を持つ。

「ふむう。足利に比して、公家の安さよな」

綱吉があきれた。

「おわかりでございましょう。朝廷は金と力で簡単に動きまする。もし、誰かが将軍宣下を受けてしまえば、天下はそちらに傾きまする」

「それはなかろう。余は旗本どもの主である。譜代大名も同じ。たとえ……」

そこまで言って綱吉が黙った。

「お気づきになられましたか。上様と甲府宰相さまは同じ立場なのでございまする。さすがに御三家は傍流《ぼうりゆう》すぎ、旗本どもが従いますまいが……天下の主たる名分は失われまする」

堀田備中守が告げた。

「さらにこのようなことを申しあげるとお怒りを買いましょうが、甲府宰相さまならばまだしも、もし京で宮将軍が作りあげられたり、加賀の前田が名乗り出たりしたら……」

「それだけは許さぬ」

あやうく己の地位を奪われそうになったのを思い出した綱吉が激した。

「ゆえに、上様は将軍となられねばなりませぬ」

「わかった」

己の足下が危ないと知らされた綱吉が、うつむいた。

「あと少しのご辛抱でございまする。上様が将軍宣下をなされれば、もう誰も上様を脅《おびや》かすことはございませぬ。将軍たる上様に刃向かうは謀反でございまする。そして謀反は九族皆殺しが決まり」

「うむうむ。一族郎党撫《な》で切りにしてくれるわ」

綱吉が強気になった。

「まずは酒井雅楽頭、つづいて加賀を潰してくれる。余のものと決まっていた五代将軍の座に手出しをしたこと、しっかりと後悔させてくれる」

暗い笑いを綱吉が浮かべた。

「その加賀でございますが……」

「なにかあったのか」

綱吉が問うた。

「はい。じつは直江状《なおえじょう》が加賀の本多政長のもとにあると知れました」

「直江状……あの関ヶ原の合戦前に、上杉の家臣直江山城が家康さまに送ったという手紙。これ以上ないほどに家康さまを挑発していると聞く。怒りの余り、家康さまが引き裂いたため現存していないと……」

綱吉が呆然《ぼうぜん》とした。

「原本ではなく、写しだそうでございまする」

「写しといえども、なぜ、加賀にある」

綱吉が疑問を呈した。

「加賀の家老本多家の初代政重は、家康さまの謀臣本多佐渡守《さどのかみ》正信の次男でございまする」

「なるほど。本多正信と直江山城、ともに謀臣。戦いの勝敗は別にして、連絡を取り合っていたか」

さすがに勉学を唯一の趣味としている綱吉である。すぐに、裏を見抜いた。

「その写しがどうした。今さら過去の亡霊が出てきたところでどうということはなかろう」

綱吉が不思議そうに尋ねた。

「遣《つか》えましょう。直江状は家康さまを激怒させたもの。そのようなものを所持している。これは村正《むらまさ》を持っているのと同じ」

「むううう」

たとえに綱吉がうなった。

村正は伊勢桑名《いせくわな》の住人で、刀工として希代の名人と称せられた人物である。相模鍛冶《さがみかじ》の正宗と並ぶ銘刀ながら、徳川に忌避《きひ》されてきた。家康の祖父清康《きよやす》、父広忠《ひろただ》ともに家臣の手によって討たれているが、そのときの得物が村正であったとか、関ヶ原で家康の指を切った槍《やり》が村正であったとか言われており、現実、村正の所持を幕府は嫌っていた。

「しかし、直江状は本多にあるのだろう。加賀の前田にはかかわりがないと逃げられよう」

「本多が持っておるのはたしかでございましょうが、所有者が本多とは限りませぬ」

堀田備中守が小さく笑った。

「前田家から預かっていると」

「はい」

「そのような話、本多が認めるか」

綱吉が懸念を表した。

「認めさせまする。譜代大名への復帰を認めてやれば、喜んで尾を振りましょう」

「なるほどの。陪臣から直参《じきさん》にしてやるのか。それならばわかる。館林のものどもも、余が将軍になるとわかったとき、大喜びであったでな」

提案に綱吉が首肯した。

館林、甲府ともに、家光の子供を分家させるためのものである。徳川家の禄を分けた大名なのだ。家臣たちも旗本からの転籍がほとんどであった。

もちろん旗本を陪臣《ばいしん》に落とすのは、かなりの抵抗がある。そこで幕府は甲府や館林の家臣を直臣格《じきしん》とし、なんとかなだめたが、どう言いつくろおうとも、陪臣である。

直参と陪臣では、すべてに差があった。もとは旗本同士である。一門である者もいる。それがいきなり親戚から、格下に変わるのだ。法事などでは、かならず下座につかされ、婚姻《こんいん》はもちろん、つきあいさえも切られてしまう。

とはいえ、館林と甲府の家臣たちは、苦情を申し立てることができない。なにせ、皆を息子たちに分けたのは、三代将軍家光なのだ。将軍に文句を付けるわけにはいかないし、なによりすでに家光はこの世にいない。このまま末代までとあきらめていたところに、直参への復帰がかなった。その喜びようは、綱吉を驚かすほどであった。

「どうやって誘いをかける。本多は加賀じゃぞ」

「そこはお任せいただきたく」

難しいと言った綱吉に、堀田備中守が胸を張った。

「わかった。だが、最初は酒井雅楽頭からじゃ」

「もちろんでございまする」

恨《うら》みの濃いところから攻めると言った綱吉に、堀田備中守がうなずいた。

「そういえば、吉保から聞いたが、兄の墓所を作り直すそうだな」

綱吉が話を変えた。

「お耳に届きましたか。酒井雅楽頭が最後のご奉公と申しまして」

「最後の……ふん」

酒井雅楽頭の覚悟を綱吉が鼻であしらった。

「その普請、加賀にさせよ」

綱吉が命じた。

「上様、それは上意になさってはなりませぬ」

堀田備中守が首を左右に振った。

「なぜじゃ。余の座を脅かしたのだ。それなりの詫《わ》びをさせねばなるまい」

綱吉が不満そうに言った。

「今、上様がそのようになさいますと、世間はどうとりましょう。五代将軍の座を奪われかけた腹いせ、あるいは復讐《ふくしゅう》と見られまする」

「それがどうした。身のほど知らずなまねへの報いは当たり前ではないか」

「さようではございますが、それを上様がお与えになられてはなりませぬ。天下の主には、徳と寛容が要りまする」

「許せと……」

あからさまに綱吉が嫌そうな顔をした。

「形だけでございまする」

「むうう。だが、それでは余の肚《はら》が癒《い》えぬ」

綱吉が鬱屈《うつくつ》した思いをみせた。

「お命じになられなければよろしゅうございまする」

「命じなければよい……」

「はい。前田からさせていただきたいと言わせればよろしゅうございまする」

首をかしげた綱吉に、堀田備中守が首肯した。

「できるのか」

「はい」

大きく堀田備中守がうなずいた。

「頼む」

思わず綱吉が頭を下げた。

「上様、いけませぬぞ。これからはわたくしに頭をお下げになられてはなりませぬ」

「うっ……気を付ける」

綱吉が小さくなった。

「……備中守」

声を綱吉が潜《ひそ》めた。

「余を襲った者はわかったのか」

「申しわけなき仕儀ながら、二人にまで絞りましたが……」

「二人……誰と誰じゃ」

綱吉が目つきを変えた。

「雅楽頭と甲府さま」

「やはりか」

予想していたと綱吉が口にした。

「証《あかし》がございませぬゆえ、咎められませぬ」

「大老と将軍の甥《おい》、どちらも手出ししにくいと言うか」

「…………」

無言で堀田備中守が認めた。

「ですが、かならずや報いは与えまする。服部」

告げた堀田備中守が天井を見た。

「これに」

いつのまにか堀田備中守の後に御広敷《おひろしき》伊賀者組頭《くみがしら》の服部が平伏していた。

「詰めている者も呼べ」

「御免……」

小さく指笛を吹いた服部の合図で、御座の間に十人をこえる伊賀者が現れた。

「もう二度と上様のお身に危機がせまることはないな」

振り向いた堀田備中守が念を押した。

「はっ」

「伊賀に空いた穴は塞《ふさ》げ」

「…………」

服部が無言で顔を伏せた。

「次はないぞ」

「誓って……」

「下がれ」

震える服部に堀田備中守が手を振った。

「いかがでございましょう」

「安堵《あんど》した。いや、西の丸と本丸はここまで差があるのだな」

綱吉が安堵の表情を浮かべた。

四

五代将軍宣下が、寛永寺お手伝い普請よりも優先された。八月二十三日、諸大名が居並ぶなか、勅使を黒書院《くろしょいん》に迎え、綱吉の将軍宣下がおこなわれた。

「正二位《しょうにい》内大臣、右近衛大将《うこんえのだいしょう》、征夷大将軍、右馬寮御監《うめりょうぎょかん》、淳和奨学両院別当《じゅんなしょうがくりょういんべっとう》、源氏の長者に任じ、牛車兵仗《ぎっしゃひょうじょう》を許す」

勅使の花山院《かざんいん》前大納言定誠《さだのぶ》、千種《ちぐさ》前大納言有能《ありよし》の二人が霊元《れいげん》天皇の勅を読みあげた。

「謹んでお受けいたしまする」

束帯《そくたい》に身を包んだ綱吉が平伏して五代将軍が誕生した。

将軍宣下は幕府にとって最大の慶事である。その慶事に水を差すようなまねは慎《つつし》まなければならない。

「まだか」

綱吉は酒井雅楽頭の罷免《ひめん》を待たされ焦《じ》れた。

「ご辛抱を。酒井雅楽頭も遠慮し、昨今では病を口実に御用部屋にも参っておりませぬ。そのうち、自ら身を退きましょう」

「それは許さぬ。辞任ではなく罷免でなくば、躬《み》の気がすまぬ」

堀田備中守の宥《なだ》めにも、綱吉は我を張った。

「やれ、辛抱のきかぬお方だ」

綱吉の将軍宣下とともに従四位《じゅしい》侍従へと任ぜられた堀田備中守は、執政筆頭である。まだ酒井雅楽頭が大老ではあるが、綱吉が将軍であるかぎり、復権はない。もうその地位を脅かすことはない。

「うかつにことを急《せ》いて、酒井雅楽頭の落とし穴にはまってはたまらぬ」

堀田備中守は宮将軍という奇策を持ち出してきた酒井雅楽頭を警戒していた。

「家綱さまの墓所の一件が落ち着くまでは、馬鹿もすまい」

下手なまねをして家綱の墓所になにかあっては酒井雅楽頭が困る。綱吉を怒らせれば、それくらいのことをしかねないのだ。

「将軍となられた以上、余でも諫言《かんげん》しかできぬ。お世継ぎさまならば、老中の権で止められたが……」

実質老中が天下の政《まつりごと》をしているといっても、それは将軍から委任されただけであり、綱吉が命じれば、老中の意見など吹き飛ぶ。

「なんとかご機嫌を取らねばならぬ」

執政筆頭の地位に就いた堀田備中守は、狙う立場から狙われる立場に変わった。足を引っ張る側から、引っ張られる側になったのだ。わずかな隙《すき》も致命傷になる。酒井雅楽頭も、一夜考え直す余裕を与えるという油断をし、堀田備中守に足をすくわれた。

堀田備中守は慎重になった。

「上様のご機嫌を結ぶよう」

堀田備中守は、柳沢吉保に依頼した。

「できるだけは、いたしまするが……上様のお憤りは激しく」

柳沢吉保が困難だと言った。

「女をお勧めせい。男の荒ぶる気を受け止められるのは、女の柔肌だけじゃ」

堀田備中守が策を授けた。

「上様にはお子様がお二人しかおられぬ。しかもお一人は姫君だ。男子がお一人では、なにかあったときに困る。上様のお血筋さまだけで代を重ねていくためには、お子様が多いほどよい。そう説得せよ。家綱さまにお世継ぎがなかったことで、将軍の座が回ってきた上様じゃ。そう言われれば……」

「……やってはみまするが……」

面倒を押しつけた堀田備中守に、柳沢吉保が気の乗らない返答をした。

「余の次の寵臣になりたくないのか」

「それは……」

柳沢吉保が、堀田備中守の言葉に詰まった。

「一代の寵臣は、そのとき限り。余はこれ以上ない高みに上った。当然、上様に余は殉じる。そのあと、六代さまをもり立てるのは、そなただと余は思う。上様のお子様を傅育《ふいく》し、次代の執政になりたいのならば……徳松君《とくまつぎみ》は身体《からだ》がお弱いというではないか」

綱吉の長男徳松は、まだ二歳の幼児であった。今は父の跡を継いだ館林藩主であるが、時期を見て西の丸に迎えられると決まっている。が、徳松は病がちであった。

「綱吉さまの直系でなければ、そなたは排されるぞ。万一、甲府さまが六代さまになったならば……第二の酒井雅楽頭となるのは、おぬしだ」

「うっ……わかりましてございまする」

堀田備中守の脅しに、柳沢吉保が屈した。

「感情だけで、上様に動かれてはまずいのだ。余の手がその後始末で塞がれる」

執政筆頭と言われてはいるが、形式だけである。将軍綱吉の後盾《うしろだて》でそうなっているだけで、現実、老中筆頭は、稲葉美濃守であった。

「一門である稲葉美濃守が、余に刃向《はむ》かうとは思えぬが……」

稲葉美濃守は、春日局の嫡孫《ちゃくそん》である。血は引いていないが春日局の養子となった堀田備中守とは、義理の親子になる。

「親子で争うのが、政だからな。大老になるまで油断はできぬ。加賀の貸しは返したが……潰すのはまだ早い。小沢たちを使って、もう少し加賀のなかにひびを入れてからよ」

堀田備中守が独りごちた。

将軍宣下に加賀の前田も参加する。どころか、一門に準じるとしてかなり目立つ状況になる。礼儀作法を始め、手順などをあらかじめ調べ、主君綱紀を守らなければならない。その他のことにかかずりあっている暇もなく、加賀藩留守居役は奔走《ほんそう》した。

無事に儀式が終わり、その後始末に目処《めど》のついた九月、留守居控《ひかえ》に入った六郷は、他の留守居役がいないことを確認して、数馬を近くに招いた。

「こちらに来い、瀬能。大声で話せることではない」

「…………」

数馬は怪訝な顔をした。

ここは江戸城の留守居溜ではない。上屋敷表御殿のなかである。誰憚《はばか》ることのない前田家の場所で、密談する意味がわからなかった。

「家中といえども、留守居役の知り得たことを語ってはならぬ。聞かせてもな」

六郷が言った。

「はあ」

「家中の者を疑えと申しておるのではない。どこでどう話が漏れるかわからぬゆえじゃ。まあ、小沢の例もある。同じ留守居役といえども油断するな」

理解しきれていない数馬に、六郷が説明した。

「瀬能、外様組を知っておるな」

「はい」

確かめる六郷に、数馬は首肯した。留守居役としてそろそろ三ヵ月、角有無斎《かゆむさい》よりの教えも受けている。

「外様組の先達薩摩の伊集院どのから、そなたを名指しで、宴席の用意をと言ってきた」

「わたくしを名指し……」

数馬が驚いた。

「なにか失策をいたしましたでしょうか」

会ったこともない伊集院の機嫌を損ねた覚えはないが、数馬は不安になった。

これも稀《まれ》ながらないことではなかった。吉原で同じ遊女の馴染《なじ》み同士だったために、その取り合いで一面識もないながら喧嘩《けんか》となった事例もある。それこそ、道で肩が触れ合って云々《うんぬん》もある。

「たぶん、それはないだろう。そうであれば、もっと露骨な要求になる。吉原の馴染みを変えろとかな」

六郷が否定した。

「ならばなぜ」

「わからぬゆえに、困惑している」

六郷が苦い顔をした。

「そなたはまだ組の会合に出られるほどではない。指南役の五木も会合への同行はさせていないはず……となれば」

一層六郷の顔が険しくなった。

「…………」

続きを数馬は聞き逃すまいと耳を傾けた。

「薩摩がなぜ、我が加賀へ……」

数馬を放置して六郷が悩んだ。

「すでに薩摩は、外様組の世襲先達の座を得ている。今さら、加賀を貶《おとし》める意味はない……」

「六郷どの」

なかなか相手をしてくれない六郷へ、数馬はしびれを切らした。

「……おおっ。そなたがおったな。今は詳しい話をしておられぬ。殿にお目通りを願わねばならなくなった。よいか、そなたは屋敷の敷地内より出るな。誰の誘いでも断れ」

「小沢どののお呼びでもでございますか」

「むうう」

出された名前に六郷がうなった。

小沢の相手は、加賀藩留守居役の頭痛の種であった。なにせ、つい先日まで同役だったのだ。その小沢が藩の金を持って逃げただけならまだしも、老中の留守居役になってしまった。一緒に役目を果たしていた者にとって、裏切り者との思いは強い。

「小沢の相手がまともにできるのは、おぬしだけ。我らは、あの顔を見るだけで、怒鳴り散らしそうになる」

六郷が嘆息した。

どのようなときでも冷静でなければ、外交などできなかった。感情を爆発させたほうが負ける。

積み上げてきた苦労を無にしかねない小沢を、六郷や五木などは腹の底から憎み、同時に怖れていた。個人の思いで役目をしくじるわけにはいかない。

「はあ」

数馬は間の抜けた返答をした。

江戸へ出てきたばかりの数馬は、小沢が加賀藩士だったころを知らなかった。数馬が江戸屋敷に入る前に、小沢は逐電《ちくでん》していた。

小沢がなにをしでかしたかなどを、五木らから数馬も聞かされてはいる。とはいえ、実際目の当たりにした者と伝聞だけの者では、受け取り方が違う。

また、数馬は剣術遣いでもある。剣術遣いは、感情を制御する修行を積む。戦いで怒って、頭に血が上れば、身体の要らないところに力が入り、筋が固くなる。筋は柔らかいから伸びるのであり、固くては切っ先が相手に届かなくなる。

「平常心では足りぬ。刃《やいば》を抜いたならば、思いを殺し、心を深いところへ沈めろ」

数馬も剣の師匠である祖父から、しつこいくらい精神を平静に保つよう指導されていた。

「しかし、小沢が罠《わな》を張っていることもある」

小沢の相手をしなければならないのは、どのような密事をどこまで握っているかがわからないからだ。小沢がなにを知っているかわかれば、十分対処できる。対応できるようになれば、小沢など放置すればいい。堀田備中守の留守居役は小沢以外にもいる。

「対応が決まるまで、そなたは屋敷におれ。小沢の誘いでも、病を口実に断れ。後日、こちらからお誘いすると言うのを忘れるな」

そう命じて六郷は、留守居控を出ていった。

「こちらから誘えと言われても……」

妾宅もまだできておらず、吉原に馴染みの見世《みせ》を作ってさえいないのだ。

数馬は困惑するしかなかった。

「薩摩が、瀬能に紅葉観賞の会を催させよと……そのようなことを申したか」

六郷からの報告を受けた綱紀が思案した。

「で、瀬能には恨みを買った覚えはない」

「と申しております る」

「やはり、狙いはお手伝い普請だな」

「まずまちがいないかと」

主君の推測に六郷が同意した。

「先日、九州の小藩から招かれた席に、瀬能を出したのでございますが……」

「なぜ行かせた」

綱紀が咎めた。

「堀田備中守さまへの応対で手が足りず、やむなく」

「むっ」

六郷の言いわけに、綱紀が詰《つ》まった。

「そこで見抜かれたか、瀬能がまだ真の留守居役ではないことを」

「申しわけございませぬ」

他家の動きを察知するのは、留守居役の仕事である。外様小藩と侮《あなど》ってその思惑をはかりそこなったことを六郷が詫びた。

「九州の数万石ていどの小藩は、薩摩の機嫌を伺《うかが》わねば生きていけませぬ」

「薩摩の手先……」

綱紀が嘆息した。

「紅葉見物の座で、失敗をさせ、その詫びとしてお手伝い普請を引き受けさせる」

「おそらくは」

薩摩の狙いを二人は読みとった。

「堀田備中守どのへの貸しはもうないぞ」

切り札はなくなったと綱紀が告げた。

「承知いたしておりまする」

城中での動きを留守居役は知っている。綱吉謀殺の嫌疑が晴れた恩恵をもっとも受けたのが留守居役である。留守居溜で、噂を聞かされる辛さから逃れられたのは大きい。

「なんとか手を打て」

「できうるかぎり」

六郷が首肯した。

「ところで、瀬能はいかがいたしましょう。一応、禁足させておりまするが」

六郷が数馬の処遇を問うた。

「……そうだな」

綱紀が腕を組んだ。

「一度、留守居役を解いてはいかがでございましょう」

辞めさせてしまえば、会合に出さずともすむ。

「瀬能を使いこなすだけの器量ではなかったと、本多政長に鼻で笑われろと言うか」

綱紀が顔色を変えた。

「でございましょうが、藩の存亡には代えられませぬ。なにとぞ、瀬能を留守居役からお外しくださいませ」

六郷が願った。

「ならぬ」

「殿……」

「吾《われ》の面目が潰れるだけならば、気にせぬわ」

重ねて求めた六郷に、綱紀が首を小さく左右に振った。

「使えぬ落主に本多が尽くすわけもなかろう。筆頭宿老でもある本多家が藩政から手を離せば、たちまち国元で火があがるわ。前田孝貞《たかさだ》が前田直作《なおなり》を蹴落《けお》とそうとしてな」

「…………」

「酒井雅楽頭の策でも、加賀が割れずにすんだのは、本多のお陰じゃ。本多が抑えているから国元も静かで、富山も大聖寺《だいしょうじ》も馬鹿をせぬ」

富山も大聖寺も三代利常《としつね》のときに作られた分家である。分家といっても富山は十万石、大聖寺は七万石と、かなりの勢力を持っていた。

「瀬能を留守居役にしたのには、大きな意味があると。わたくしにはわかりかねまする。瀬能にそれほどの価値があるとは……」

六郷が首をかしげた。

「でなくば、本多が琴をくれてなどやるまい。さすがに一度嫁しているゆえ、今さら余の正室とはいかぬが、初婚ならば縁を結んでもおかしくない娘だぞ。百万石の正室になれる娘を千石ていどの瀬能に嫁がせる。それだけの価値が、瀬能にあると本多は考えている」

「はあ」

綱紀の説明に、六郷が弱い返答をした。

「もっとも、それさえも本多政長の策かも知れぬがの。佐渡守《さどのかみ》正信、家康さまに天下をもたらした男の孫じゃ。一筋縄ではいかぬ」

表情を険しくしながら、綱紀が続けた。

「そなたから見れば、頼りない限りであろうがな。あやつは遣える。遣いようによっては強力な武器ともなろう」

苦笑しながら綱紀が述べた。

「瀬能が武器に……」

六郷が驚いた。

「誰もが瀬能を見ている。ならば、他の者はどうだ」

「……なるほど」

「瀬能が注目を集めている間に、そなたたちが働けばいい。いつか皆が瀬能の価値を理解したとき、すでに加賀は十分な材料を得ている。こういう風にするのが、そなたたち留守居役の仕事である」

「はっ」

六郷が頭を下げた。

「かといって、今の瀬能を外様組に差し出すわけにはいかぬ」

綱紀が苦悩した。

「国元に使いに出すか、いや、それでは弱いな。逃げたと思われよう」

数馬を江戸から離すには、それだけの理由が要った。

「どこかに使者として向かわせるか。江戸から少し離れていて、往復で十日やそこらいるところがよいな。十日も留守させれば、紅葉の盛りは終わる」

宴席の名目をなくしてしまえばいいと綱紀が言った。

「どこがよろしゅうございましょう」

六郷も考えた。

「御三家に使いか。尾張《おわり》、紀伊《きい》のどちらにせよ行かせるだけの名目がない。水戸では近すぎる。越前松平《えちぜんまつだいら》も同じだ」

綱紀が候補を潰していった。

「殿、継室をお迎えになられては」

「嫁をもらえと」

「はい。殿は正室お摩須《ます》さまをお亡くしになって十五年になられまする」

「余計な実家つきの女など不要じゃ」

綱紀が嫌がった。大名の婚姻は、家と家のものである。正室にはかならず、その実家の影がちらついた。

「実際におもらいになられずともよろしゅうございまする」

「そうはいくまい。加賀から留守居役を出して、姫の定めなどをしてみろ。御免ではすまぬぞ。かならず娘を押しつけてくる」

どこの大名も困窮《こんきゅう》し始めている。裕福と名高い百万石の前田家と縁を結べるとなれば、なりふりかまわず喰《く》いついてくる。

「では、いかがでございましょう。会津《あいづ》さまに行かせては」

「会津、岳父《がくふ》のところか」

会津保科《ほしな》二十三万石は、綱紀の正室摩須の実家であった。摩須の父保科正之《まさゆき》は、三代将軍家光の異母弟でありながら、大政参与の大任を果たし、四代将軍家綱の傅育《ふいく》も担当した。それこそ、酒井雅楽頭でさえ、遠慮しなければならない相手であった。

「会津保科正之さまは、寛文《かんぶん》十二年（一六七二）にお亡くなりになられ、会津見祢山《みねやま》の土津《はにつ》神社にお祀《まつ》りされておられまする。そこへ瀬能を代参に行かせては」

「ふむ。岳父には恩がある」

四代藩主光高《みつたか》の早世で、綱紀が家督《かとく》を継いだときはまだ三歳であった。幸い三代利常が生きていたため、治世は乱れずにすんだ。だが、その利常も綱紀十六歳のおりに身罷《みまか》った。その後、幕府から狙われ続けた加賀の綱紀を後見してくれたのが、岳父保科正之であった。保科正之は娘の死後も綱紀を義理の息子として扱い、施政者としての心得などを教えてくれた。今、加賀が穏やかな政で落ち着いているのは、保科正之のお陰といえた。

「それを使わせていただきまする」

「……なるほどな。新しく妻を迎える前に、岳父である保科正之公の御霊に報告をするとの体《てい》を取るか。岳父は、綱吉さまの叔父でもある。徳川への気遣いにもなるな」

綱紀がうなずいた。

本来、後妻を迎えるに先妻の岳父に許可など求めない。それをあえてすることで、前田家の徳川一門への誠意の表れにするのである。

「よかろう。早速《さっそく》に手配をさせよ」

「はっ」

当主の許可を得た六郷が下がった。

追い立てられるようにして数馬が加賀藩上屋敷を旅立ったのは、三日後であった。

「よいか、二十日は帰ってくるな」

六郷の厳命であった。

「もう一つ、別命を課す」

千住《せんじゅ》の宿場まで数馬を見送った六郷が声を潜めた。

「保科正之さまの遺領を継いだ正経《まさつね》さまのご体調が芳《かんば》しくない。そこで保科家では、正経さまの弟正容《まさかた》さまを世継ぎになされた」

「はあ」

他家の相続などかかわりのないことだと、数馬は間の抜けた相づちを打った。

「聞けば、正容さまは子宝に恵まれ、多くの姫君もおられるらしい」

「…………」

「殿はいまだに独り身でおられる。これはあまりよろしくない。百万石の奥を狙う者は多い。今はなんとか防いでいるが、このままではいつか断り切れぬ筋から姫を押しつけられかねぬ」

「では……」

数馬は気づいた。

「会津でよさそうな姫君がおられれば、下話だけでも向こうの家老とつけてこい。保科正之さまのお孫姫であれば、殿も嫌がられまい。なにより当家よりも豊かな会津だ。無心をされる恐れもないうえ、ご一門よ。他の大名からなにか言われることもない」

「そのような大役……」

とんでもないと数馬は拒んだ。

「決めてこいと言っておるわけではない。下話だけじゃ。そのていどならば、留守居役の会合でもある。駄目《だめ》になっても正式なものではないのだ。どうということはない」

「しかし……」

「できぬとあれば、辞せよ」

「それは……」

留守居役は岳父本多政長の指名である。なにより琴の期待なのだ。それを裏切るわけにはいかなかった。

「失敗しても……」

「咎めぬゆえ、さっさと行け」

最後は叱《しか》るようにして、六郷が数馬の背中を叩いた。

「わかりましてございまする。参ろう、石動《いするぎ》」

家士の石動を促して、数馬は奥州《おうしゅう》街道へと進んだ。


酒井雅楽頭は憔悴《しょうすい》していた。

「綱吉を将軍として戴《いただ》く日が来るとは……情けなし」

将軍宣下は、酒井雅楽頭と四代将軍家綱の策が、完全に潰《つい》えた証《あかし》であった。

「最後の嫌がらせの結果を見ずというのは、無念ながら、これ以上は耐えられぬ」

酒井雅楽頭は、嫡男忠挙《ちゃくなんただたか》を呼んだ。

「父上、まさか……先代さまのもとへ……」

忠挙が顔色を変えた。

「腹は切らぬ。切腹しては検屍《けんし》を受けたときに困る」

無断での切腹も罪であり、なにより許しのない殉死は御法度《ごはっと》であった。酒井雅楽頭への恨みが骨髄《こつずい》にまで染みている綱吉が、見逃してくれるはずはなかった。

「では……」

「やるだけはやった。もう、儂にできることはない。ただ生きているだけなど、何の意味もあるまい。なにより、いつ綱吉の復讐《ふくしゅう》があるか、堀田備中守の手がなどと怯《おび》えて過ごすなどは御免じゃ」

「どうなさろうと」

父のしたいことを忠挙はわからなかった。

「今日より、儂はこの部屋に籠《こ》もる。一切誰の出入りもさせぬ。湯茶、食事も摂《と》らぬ」

「それは……」

餓死《がし》をすると言った父に、忠挙が目を剝《む》いた。

「そなたには悪いと思う。これから酒井家を復権させるのは困難を極めるだろう。だが、そなたが殿中儀礼の役を仰せつかったのは、儂が大老であったからだ。今までよい思いをしてきたのだ。これからの苦労はその代償じゃ」

酒井雅楽頭が息子に詫びともいえぬ言葉を告げた。

「お考え直しくださいませ」

餓死などとんでもない。外に漏れれば殉死ととられる。忠挙が止めた。

「餓死ならば、身体に傷はない。自死でないと言い張れよう。病が重くなって、食べものも喉《のど》を通らず、枯れ木のようになって死ぬことは珍しくない」

「ですが、それでは家督相続にも影響がでかねませぬ」

「適当な時期に、儂の隠居を届けよ。それが認められるようには手を打っている。まだ政、いや、幕府の仕組みに慣れておらぬ綱吉や堀田備中ではどうにもできまいよ」

酒井雅楽頭は息子の哀願を拒んだ。

「では、下がれ。もう会うこともない。儂はこれより、家綱さまのもとへ参る準備をする」

「父上」

手を振って退出を命じる父に、息子が縋った。

「よき父ではなかったの。儂はそなたよりも家綱さまを大事にした。だがの、そなたもいつかわかろう。武士が仕えるべき主君を持つことほどの幸せはない。吾《わ》が生涯に悔《く》いはない」

酒井雅楽頭が決意の籠もった目をした。

「さあ、これ以上言わさないでくれい」

酒井雅楽頭が退出を促した。

「…………」

無言で忠挙が頭を下げた。

「ああ、あと一つ頼みがある。この書付《かきつけ》を寄合《よりあい》旗本の横山長次《ながつぐ》へ届けてくれ」

文机《ふづくえ》に置いてあった書付を酒井雅楽頭が忠挙に渡した。

「これは……」

中身を見た忠挙が、酒井雅楽頭を見上げた。

「警告よ。綱吉さまの代で、家綱さまと儂の連名がある書付など出せば、将軍の機嫌を損ねるぞとのな。一時の出世の代償がどれほど苛烈《かれつ》なものになるか、わからぬほど愚かではなかろうよ」

酒井雅楽頭がかすかな笑いを浮かべた。

あとがき

『密約　百万石の留守居役（五）』をお送りします。

おかげさまで平成二十五年十一月に始めさせていただいたこのシリーズも五冊目を迎えることができました。これもひとえに読者のみなさまのお陰と感謝しております。

「あとがき」としておりますが、作品の内容には触れておりません。作者としての雑感です。ご気分を害されたならば、お詫《わ》びいたします。

この春、物語の舞台とさせてもらっております金沢市に大きな大きな変化が訪れました。そう、北陸新幹線の金沢開通であります。

今まで鉄道で金沢へ行こうと東京の方がなさろうとすると、どうしても乗り換えが必要であり、その行程にほぼ半日近くかかっておりました。

それが北陸新幹線で東京から乗り換えることなく、二時間半で金沢に着くことができるようになりました。

その影響はすさまじいものです。観光客が倍増どころか、何倍にもなり、金沢駅は大混雑しています。

事実、この五月二日、「兼六園《けんろくえん》周辺文化の森　スプリングミュージアムウィーク」の行事の一つとして講演をさせていただくことになり、金沢まで行かせていただきましたが、駅だけでなく町中まで人で溢《あふ》れている状況に、目を見張る思いがしました。

そんななか講演をいたしましたが、担当してくださった石川県県民文化局の方々の熱意が伝わってきました。

「一過性のブームで終わらせるわけにはいかない」

「兼六園、金沢城、武家屋敷、海鮮料理だけではないことを知っていただきたい」

「金沢の文化を見てもらいたい」

その思いの一つの形が、講演会の会場となりました県立歴史博物館です。

金沢にかかわる作品を展開する以上、現地取材は欠かせません。始める前に三度、始めてから四度、金沢に行きました。もちろん、県立歴史博物館も数度訪れております。その県立歴史博物館が、大幅なリニューアルをいたしておりました。いや、あれはリニューアルというていどのものではなく、新造とすべきでしょう。陸軍の弾薬庫だった煉瓦《れんが》造りの歴史ある外観と内部をそのままに、展示部分が大幅に変更されていました。単に現物や模造品を並べるだけではなく、映像や音声を駆使した展示は、臨場感溢れるものとなり、まさに見飽《みあ》きない、ときが経《た》つのを忘れるほどのものとなっていました。

学芸員の方のご説明を伺《うかが》いながらの見学と、贅沢《ぜいたく》をさせていただいたのもありますが、開演までの短い時間しかなかったことが恨《うら》めしく感じました。

また、独立していた藩老本多蔵品館《はんろうほんだぞうひんかん》も博物館の第三展示棟として移動し、加賀本多博物館と名を変え、至便さも増しております。こちらでは、現本多家の御当主さま自らご案内をくださいました。蔵品館と称するだけあって、五万石という他に類を見ない大名家老の格式を誇った展示物が数多く並んでおります。とくに入ってすぐ左に飾られている本多家が大坂《おおさか》の陣で使用した馬印《うまじるし》は、その大きさに圧倒されるほどすばらしいものです。あいにく実物は経年による傷みで展示に耐えられず複製ですが、金箔《きんぱく》を貼《は》った竿《さお》、絹で作られた旗印と、金沢の伝統工芸が今も受け継がれていることが見て取れる逸品です。是非《ぜひ》、北陸へお越しの節は、本多蔵品館を受け入れて拡大した県立歴史博物館をご見物ください。

また、先日、取材でおもしろいものを体験いたしました。

近畿日本ツーリスト未来創造室さまのご厚意で、江戸バーチャル体験ツアーに使用されているウエアラブル眼鏡《めがね》を試させていただきました。

昨今、あちらこちらの城跡などでタブレットを貸し出し、そこにCGを投影し、昔の姿を見てもらおうという試みがおこなわれております。それをさらに進化させたのが、近畿日本ツーリストさまのウエアラブル眼鏡です。

タブレットで見るのもすばらしいですが、画面が小さいため、どうしても他のものが視界に入ります。対して、ウエアラブル眼鏡だと、視野のほとんどがCGで占められるため、臨場感がより増しております。ツアーには参加できず、事務所での体験でしたが、再建されず幻となった三代目江戸城天守閣や、日本橋の高札場などが、網膜を占拠し、圧巻でした。もちろん、目を動かせば、その通りに江戸城天守閣を下から眺《なが》めたり、正面から見たりできます。同時にイヤホンから説明や、その画面に映っている人物たちのざわめきが聞こえてきます。日本の繁栄《はんえい》を支えるため、変貌《へんぼう》せざるを得なかった東京を江戸へ戻し、そこに入りこむことができる。

今、世界中から観光客が訪れる東京、先進都市東京、そのルーツともいうべき江戸を、私はもっと観光資源として使用するべきだと考えています。江戸城天守を再建する会（ちなみに私は正会員です）というNPO活動もあります。さすがにそこまでは難しいと思いますが、バーチャルの世界ならば、すぐに江戸を楽しむことはできます。

日本人の精神、その根底を築きあげた江戸時代、それをもっと身近に感じていただきたい。もちろん、武断政治を、身分制度を美化するつもりも、認めるつもりもありません。ただ、その歴史ある景色を風化させてしまうのはもったいないと思います。金沢と江戸、他にも大阪、仙台、越後高田、富山、福岡、鹿児島、白河《しらかわ》、米沢《よねざわ》、柳《やな》川《がわ》等々、歴史を誇る町はいくらでもあります。日本全国どこでも、その土地に残された足跡は趣《おもむき》深いものです。

旅先で過去に思いを馳《は》せていただくだけでなく、郷土の歴史にも一度振り向いてくださればと願います。

大坂夏の陣から四百年の日に……郷土が負けたので、思いは複雑です（笑）。

上田　秀人　拝

本書は文庫書下ろし作品です。

|著者| 上田秀人　1959年大阪府生まれ。大阪歯科大学卒。'97年小説CLUB新人賞佳作。歴史知識に裏打ちされた骨太の作風で注目を集める。講談社文庫の「奥右筆秘帳」シリーズは、「この時代小説がすごい！」(宝島社刊）で、2009年版、2014年版と二度にわたり文庫シリーズ第一位に輝き、第3回歴史時代作家クラブ賞シリーズ賞も受賞。「百万石の留守居役」は初めて外様の藩を舞台にした新シリーズ。このほか「禁裏付雅帳」(徳間文庫)、「聡四郎巡検譚」(光文社文庫)、「闕所物奉行 裏帳合」(中公文庫)、「表御番医師診療禄」(角川文庫)、「町奉行内与力奮闘記」(幻冬舎時代小説文庫)、「日雇い浪人生活録」(ハルキ文庫）などのシリーズがある。歴史小説にも取り組み、『孤闘　立花宗茂』(中公文庫）で第16回中山義秀文学賞を受賞、『竜は動かず　奥羽越列藩同盟顛末』(講談社文庫）も話題に。総部数は1000万部を突破。
上田秀人公式HP「如流水の庵」 http://www.ueda-hideto.jp/

密約《みつやく》　百万石《ひゃくまんごく》の留守居役《るすいやく》(五)

上田秀人《うえだひでと》

2015年6月12日第1刷発行
2022年3月4日第8刷発行

発行者——鈴木章一
発行所——株式会社　講談社
東京都文京区音羽2-12-21　〒112-8001
電話　出版 (03) 5395-3510
　　　販売 (03) 5395-5817
　　　業務 (03) 5395-3615

Printed in Japan

講談社文庫
定価はカバーに
表示してあります

KODANSHA

デザイン—菊地信義
本文データ制作—講談社デジタル製作
印刷———豊国印刷株式会社
製本———株式会社国宝社

ISBN978-4-06-293140-3

講談社文庫刊行の辞

二十一世紀の到来を目睫に望みながら、われわれはいま、人類史上かつて例を見ない巨大な転換期をむかえようとしている。

世界も、日本も、激動の予兆に対する期待とおののきを内に蔵して、未知の時代に歩み入ろうとしている。このときにあたり、創業の人野間清治の「ナショナル・エデュケイター」への志を現代に甦らせようと意図して、われわれはここに古今の文芸作品はいうまでもなく、ひろく人文・社会・自然の諸科学から東西の名著を網羅する、新しい綜合文庫の発刊を決意した。

激動の転換期はまた断絶の時代である。われわれは戦後二十五年間の出版文化のありかたへの深い反省をこめて、この断絶の時代にあえて人間的な持続を求めようとする。いたずらに浮薄な商業主義のあだ花を追い求めることなく、長期にわたって良書に生命をあたえようとつとめるところにしか、今後の出版文化の真の繁栄はあり得ないと信じるからである。

同時にわれわれはこの綜合文庫の刊行を通じて、人文・社会・自然の諸科学が、結局人間の学にほかならないことを立証しようと願っている。かつて知識とは、「汝自身を知る」ことにつきていた。現代社会の瑣末な情報の氾濫のなかから、力強い知識の源泉を掘り起し、技術文明のただなかに、生きた人間の姿を復活させること。それこそわれわれの切なる希求である。

われわれは権威に盲従せず、俗流に媚びることなく、渾然一体となって日本の「草の根」をかたちづくる若く新しい世代の人々に、心をこめてこの新しい綜合文庫をおくり届けたい。それは知識の泉であるとともに感受性のふるさとであり、もっとも有機的に組織され、社会に開かれた万人のための大学をめざしている。大方の支援と協力を衷心より切望してやまない。

一九七一年七月

野間省一

〈既刊紹介〉

上田秀人作品◆講談社

百万石の留守居役《るすいやく》シリーズ

老練さが何より要求される藩の外交官に、若き数馬が挑む!

外様第一の加賀《かが》藩。旗本から加賀藩士となった祖父をもつ瀬能数馬《せのうかずま》は、城下で襲われた重臣前田直作《まえだなおなり》を救い、五万石の筆頭家老本多政長《ほんだまさなが》の娘、琴《こと》に気に入られ、その運命が動きだす。江戸で数馬を待ち受けていたのは、留守居役《るすいやく》という新たな役目。藩の命運が双肩にかかる交渉役には人脈と経験が肝心。剣の腕以外、何もない若者に、きびしい試練は続く!

第一巻『波乱』2013年11月 講談社文庫

上田秀人作品◆講談社

第一巻『波乱』
2013年11月
講談社文庫

第二巻『思惑』
2013年12月
講談社文庫

第三巻『新参』
2014年6月
講談社文庫

第四巻『遺臣』
2014年12月
講談社文庫

第五巻『密約』
2015年6月
講談社文庫

第六巻『使者』
2015年12月
講談社文庫

第七巻『貸借』
2016年6月
講談社文庫

第八巻『参勤』
2016年12月
講談社文庫

第九巻『因果』
2017年6月
講談社文庫

第十巻『忖度』
2017年12月
講談社文庫

第十一巻『騒動』
2018年6月
講談社文庫

第十二巻『分断』
2018年12月
講談社文庫

第十三巻『舌戦』
2019年6月
講談社文庫

第十四巻『愚劣』
2019年12月
講談社文庫

第十五巻『布石』
2020年6月
講談社文庫

第十六巻『乱麻』
2020年12月
講談社文庫

第十七巻『要訣』
2021年6月
講談社文庫

〈全十七巻完結〉

上田秀人作品◆講談社

第一巻
『密封』
2007年9月
講談社文庫

第二巻
『国禁《こっきん》』
2008年5月
講談社文庫

第三巻
『侵蝕《しんしょく》』
2008年12月
講談社文庫

第四巻
『継承』
2009年6月
講談社文庫

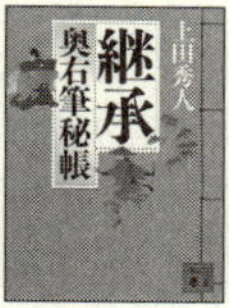

第五巻
『簒奪《さんだつ》』
2009年12月
講談社文庫

第六巻
『秘闘』
2010年6月
講談社文庫

第七巻
『隠密』
2010年12月
講談社文庫

第八巻
『刃傷』
2011年6月
講談社文庫

第九巻
『召抱《めしかかえ》』
2011年12月
講談社文庫

第十巻
『墨痕《ぼっこん》』
2012年6月
講談社文庫

第十一巻
『天下』
2012年12月
講談社文庫

第十二巻
『決戦』
2013年6月
講談社文庫

〈全十二巻完結〉

前夜 奥右筆外伝

併右衛門、衛悟、瑞紀《みずき》をはじめ
宿敵となる冥《めい》府《ふ》防人《さきもり》らそれぞれの
「前夜」を描く上田作品初の外伝！

2016年4月
講談社文庫

上田秀人作品◆講談社

天主信長
〈表〉我こそ天下なり
〈裏〉天を望むなかれ

本能寺と安土城、戦国最大の謎に二つの大胆仮説で挑む。

信長の死体はなぜ本能寺《ほんのうじ》から消えたのか？　安土《あづち》に築いた豪壮な天守閣の狙いとは？　信長の遺《のこ》した謎に、敢然と挑む。文庫化にあたり、別案を〈裏〉として書き下ろす。信長編の〈表〉と黒田官兵衛編の〈裏〉で、二倍面白い上田歴史小説！

〈表〉我こそ天下なり
2010年8月　講談社単行本
2013年8月　講談社文庫

〈裏〉天を望むなかれ
2013年8月　講談社文庫

梟《ふくろう》の系譜　宇喜多四代

戦国の世を生き残れ！
梟雄と呼ばれた宇喜多秀家の真実

織田、毛利、尼子《あまこ》と強大な敵に囲まれた備前に生まれ、勇猛で鳴らした祖父能家《よしいえ》を裏切りで失い、父と放浪の身となった直家《なおいえ》は、宇喜多《うきた》の名声を取り戻せるか？

『梟の系譜』2012年11月　講談社単行本
2015年11月　講談社文庫

軍師の挑戦　上田秀人初期作品集

斬新な試みに注目せよ。
上田作品のルーツがここに！

デビュー作「身代わり吉右衛門」（「逃げた浪士」に改題）をふくむ、戦国から幕末まで、歴史の謎に果敢に挑んだ八作。上田作品の源泉をたどる胸躍る作品群！

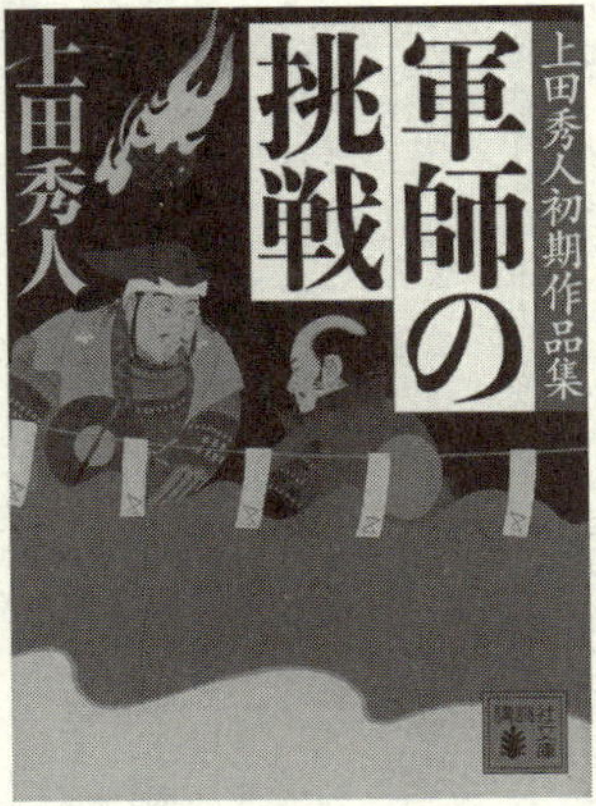

『軍師の挑戦』2012年4月　講談社文庫

上田秀人作品◆講談社

竜は動かず

奥羽越列藩同盟顛末

〈上〉万里波濤編
〈下〉帰郷奔走編

世界を知った男、玉虫左太夫は、奥州を一つにできるか？

仙台の下級藩士の出ながら、江戸で学問を志した玉虫左太夫に上田秀人が光を当てる！勝海舟、坂本龍馬と知り合い、遣米使節団の一行として、世界をその目に焼きつける。郷里仙台では、倒幕軍が迫っていた。この国の明日のため、左太夫にできることとは？

〈上〉万里波濤編
2016年12月　講談社単行本
2019年 5月　講談社文庫

〈下〉帰郷奔走編
2016年12月　講談社単行本
2019年 5月　講談社文庫

岡嶋二人　クラインの壺
岡嶋二人　ダブル・プロット
岡嶋二人　新装版 焦茶色のパステル
岡嶋二人　チョコレートゲーム 新装版
岡嶋二人　そして扉が閉ざされた〈新装版〉
太田蘭三　殺《さつ》・風《ふう》景《けい》〈警視庁北多摩署特捜本部〉
大前研一　企業参謀 正・続
大前研一　やりたいことは全部やれ！
大前研一　考える技術
大沢在昌　野獣駆けろ
大沢在昌　相続人TOMOKO
大沢在昌　ウォームハート コールドボディ
大沢在昌　アルバイト探偵《アイ》
大沢在昌　調毒師を捜せ アルバイト探偵《アイ》
大沢在昌　女王陛下のアルバイト探偵《アイ》
大沢在昌　不思議の国のアルバイト探偵《アイ》
大沢在昌　拷問遊園地 アルバイト探偵《アイ》
大沢在昌　帰ってきたアルバイト探偵《アイ》
大沢在昌　雪蛍

大沢在昌　夢の島
大沢在昌　新装版 氷の森
大沢在昌　暗黒旅人
大沢在昌　新装版 走らなあかん、夜明けまで
大沢在昌　新装版 涙はふくな、凍るまで
大沢在昌　語りつづけろ、届くまで
大沢在昌　罪深き海辺(上)(下)
大沢在昌　やぶへび
大沢在昌　海と月の迷路(上)(下)
大沢在昌　鏡の顔〈傑作ハードボイルド小説集〉
大沢在昌　覆面作家
大沢在昌　ザ・ジョーカー 新装版
大沢在昌　亡命者〈ザ・ジョーカー 新装版〉
大沢在昌／藤田宜永／堂場瞬一／井上夢人／今野敏／月村了衛／東山彰良　激動 東京五輪1964
逢坂剛　十字路に立つ女
逢坂剛　重《じゅう》蔵《ぞう》始《し》末《まつ》
逢坂剛　じぶくり伝兵衛〈重蔵始末(二)〉
逢坂剛　猿曳遁兵衛〈重蔵始末(三)〉
逢坂剛　嫁盗み〈重蔵始末(四)長崎篇〉

逢坂剛　陰の声〈重蔵始末(五)長崎篇〉
逢坂剛　北門の狼〈重蔵始末(六)蝦夷篇〉
逢坂剛　逆《げき》浪《ろう》果つるところ〈重蔵始末(七)蝦夷篇〉
逢坂剛　奔流恐るるにたらず〈重蔵始末(八)完結篇〉
逢坂剛　新装版 カディスの赤い星(上)(下)
逢坂剛　さらばスペインの日日(上)(下)
オノ・ヨーコ　飯村隆彦編　ただの私《あたし》
オノ・ヨーコ　南風椎訳　グレープフルーツ・ジュース
折原一　倒錯の死角〈201号室の女〉
折原一　倒錯の帰結
折原一　倒錯のロンド〈完成版〉
小川洋子　ブラフマンの埋葬
小川洋子　最果てアーケード
小川洋子　琥珀のまたたき
小川洋子　密やかな結晶〈新装版〉
乙川優三郎　霧の橋
乙川優三郎　喜知次
乙川優三郎　蔓の端々
乙川優三郎　夜の小紋

講談社文庫 目録

恩田 陸 三月は深き紅の淵を
恩田 陸 麦の海に沈む果実
恩田 陸 黒と茶の幻想(上)(下)
恩田 陸 黄昏の百合の骨
恩田 陸 『恐怖の報酬』日記〈酩酊混乱紀行〉
恩田 陸 きのうの世界(上)(下)
恩田 陸 七月に流れる花/八月は冷たい城
奥田英朗 新装版 ウランバーナの森
奥田英朗 最悪
奥田英朗 マドンナ
奥田英朗 ガール
奥田英朗 サウスバウンド
奥田英朗 オリンピックの身代金(上)(下)
奥田英朗 ヴァラエティ
奥田英朗 邪魔(上)(下)〈新装版〉
乙武洋匡 五体不満足〈完全版〉
大崎善生 聖《さとし》の青春
大崎善生 将棋の子
小川恭一 江戸の旗本事典〈歴史・時代小説ファン必携〉
奥泉 光 プラトン学園
奥泉 光 シューマンの指
奥泉 光 ビビビ・ビ・バップ
折原みと 制服のころ、君に恋した。
折原みと 時《とき》の輝き
折原みと 幸福のパズル
大城立裕 小説 琉球処分(上)(下)
太田尚樹 満州裏史〈甘粕正彦と岸信介が背負ったもの〉
太田尚樹 世紀の愚行〈太平洋戦争・日米開戦前夜〉
大島真寿実 ふじこさん
大泉康雄 あさま山荘銃撃戦の深層(上)(下)
大山淳子 猫弁〈天才百瀬とやっかいな依頼人たち〉
大山淳子 猫弁と透明人間
大山淳子 猫弁と指輪物語
大山淳子 猫弁と少女探偵
大山淳子 猫弁と魔女裁判
大山淳子 猫弁と星の王子
大山淳子 雪猫
大山淳子 イーヨくんの結婚生活
大山淳子 光二郎分解日記〈相棒は浪人生〉
大倉崇裕 小鳥を愛した容疑者
大倉崇裕 蜂に魅《ひ》かれた容疑者〈警視庁いきもの係〉
大倉崇裕 ペンギンを愛した容疑者〈警視庁いきもの係〉
大倉崇裕 クジャクを愛した容疑者〈警視庁いきもの係〉
大鹿靖明 メルトダウン〈ドキュメント福島第一原発事故〉
荻原 浩 砂の王国(上)(下)
荻原 浩 家族写真
小野正嗣 九年前の祈り
大友信彦 釜石の夢〈被災地でワールドカップを〉
大友信彦 オールブラックスが強い理由〈世界最強チーム勝利のメソッド〉
乙 一 銃とチョコレート
織守《おりがみ》きょうや 霊感検定
織守きょうや 霊感検定〈心霊アイドルの憂鬱〉
織守きょうや 霊感検定〈春にして君を離れ〉
織守きょうや 少女は鳥籠《とりかご》で眠らない
岡本哲志《さとし》 銀座を歩く〈四百年の歴史体験〉
おーなり由子 きれいな色とことば
岡崎琢磨 病弱探偵〈謎は彼女の特効薬〉

講談社文庫　目録

2021年12月15日現在